CHOIX DE POÉSIES.

LYON. — IMPRIMERIE DE GIRARD ET JOSSERAND.
Rue Saint-Dominique, 13.

CHOIX

DE

POÉSIES

A l'usage des classes élémentaires

DU

COLLÉGE DE SAINT-THOMAS-D'AQUIN.

BIBLIOTHÈQUE IMPÉRIALE IMPR.

DÉPOT LÉGAL
Rhône
959
1853

LYON,

GIRARD ET JOSSERAND, IMPR.-LIBRAIRES,

Place Bellecour, 4.

1853

LIVRE PREMIER.

I

DEVOIRS D'UN ENFANT.

Enfant, crains d'être ingrat, sois soumis, sois sincère.
Obéis, si tu veux qu'on t'obéisse un jour ;
Vénère tes parents, offre-leur ton amour ;
Que celui qui t'instruit te soit un second père.

VOLTAIRE.

II

L'ENFANT ET LA MÈRE.

On raconte qu'un jeune enfant,
Par une étourderie ordinaire à son âge,
S'était saisi d'un fer tranchant
Pour le faire servir à quelque badinage.
Par bonheur, sa mère le vit,
Et tout de suite elle lui dit :
« Quittez vite ce fer, petit sot que vous êtes ;
Savez-vous bien ce que vous faites
Quand vous osez le manier ?
Vous courez le danger de vous estropier
Et de me rendre malheureuse ;
Car une mère l'est quand ses enfants le sont,
Et souffre encor plus qu'eux des sottises qu'ils font.
— Ah ! maman, dit l'enfant, vous êtes trop peureuse ;
Allez ! allez ! jamais cela n'arrivera. »
Et sur ce beau propos, nonobstant la défense
Qu'on venait de lui faire et qu'on réitéra,
A garder le couteau mon drôle s'obstina.
Mais, pour vaincre sa résistance,
Sa mère, usant de violence,
De ses mains enfin l'arracha ;
Et, pour toute reconnaissance,
Le mutin s'en plaignit, et contre elle bouda.
Il eut, certes, grand tort ; car jamais une mère
Ne rend à ses enfants un service plus grand

Que lorsque, se montrant inflexible et sévère,
      Elle les prive sagement
Des plaisirs qui pourraient les perdre en les flattant.

REYRE.

III

LA GUENON, LE SINGE ET LA NOIX.

      Une jeune guenon cueillit
      Une noix dans sa coque verte;
Elle y porte la dent, fait la grimace... « Ah! certe,
      Dit-elle, ma mère mentit
Quand elle m'assura que les noix étaient bonnes.
Puis, croyez aux discours de ces vieilles personnes,
Qui trompent la jeunesse! Au diable soit le fruit! »
Elle jette la noix; un singe la ramasse,
      Vite entre deux cailloux la casse,
      L'épluche, la mange, et lui dit :
      « Votre mère eut raison, ma mie,
Les noix ont fort bon goût, mais il faut les ouvrir. »

      Souvenez-vous que, dans la vie,
Sans un peu de travail on n'a point de plaisir.

FLORIAN.

IV

Enfants, l'on connaîtra la bonté de vos cœurs
Par votre politesse envers vos serviteurs;
S'ils vous doivent, à vous, soins, douceur, patience,
Ne leur devez-vous pas égards et complaisance?

C. M.

V

UN PETIT ENFANT A SA MÈRE.

Vous aimez quand je vous caresse,
Maman; lorsque mes petits bras
Vous entourent avec tendresse,
Je vous vois souriant tout bas.
Vous caresser est trop facile,
Pour vous je peux bien plus encor :
De mon amour le tendre effort
Va me rendre toujours docile.

C. M.

VI

L'AGNEAU NOURRI PAR UNE CHÈVRE.

Un pauvre agneau, par un sort déplorable,
De sa mère en naissant se vit abandonné ;
Mais une chèvre charitable
Recueillit, allaita le pauvre infortuné,
Comme si d'elle il était né.
L'agneau reconnaissant, aux champs comme à l'étable,
La suivait avec soin. « Tu te méprends, Thibaut,
Lui dit un chien ; vois les poils, considère :
La chèvre que tu suis ne fut jamais ta mère.
— Je sais ce que je fais, répondit-il tout haut,
Et n'examine point comment ma mère est faite ;
Ma véritable mère est celle qui m'allaite. »

Du Cerceau.

———————

VII

Je ne vois rien de laid comme un enfant gourmand :
C'est un bien gros péché, que le bon Dieu défend.
Et puis, vous le voyez, tout le monde s'en moque :
Manger sans appétit, si bien qu'on en suffoque,

Et demander toujours des bonbons, des gâteaux,
N'est-ce donc pas se mettre au rang des animaux?
Ève par le démon n'eût pas été surprise,
Sans ce vilain défaut d'aimer la friandise.

C. M.

_____

VIII

A L'ANGE GARDIEN.

O mon bon ange, obtiens pour moi
Les vertus propres à l'enfance;
Inspire-moi l'obéissance;
Fais que je sois vrai comme toi.

On dit que le bon ange quitte
L'enfant méchant et querelleur.
Oh! sans toi, j'aurais trop grand'peur;
A mes côtés reviens bien vite.

Que je te dois! Dans ta bonté,
Pour me protéger à toute heure,
Tu laisses l'heureuse demeure
Dont Dieu lui-même est la beauté.

Ah! ne permets pas que j'ignore
L'amour de Dieu, mon Créateur;
Viens l'apprendre à mon jeune cœur;
Dis-moi comme au ciel on l'adore.

Quand je repose entre ses bras,
Ma mère à toi me recommande;
Éloigne, éloigne, à sa demande,
Ces maux que je ne comprends pas.

Mon ange, calme ses alarmes;
Promets-lui de me protéger
Et de m'arracher du danger
Dont la peur fait couler ses larmes.

Oh! je me souviens bien de toi :
Souvent je t'ai vu dans un rêve;
Dès le matin, quand je me lève,
Je te cherche en vain près de moi.

Garde-moi de l'esprit rebelle :
Il craint les anges et la croix;
La nuit, il s'enfuit s'il me voit
Dormant sous l'ombre de ton aile.

C. M.

IX

LE PINSON ET LA PIE.

« Apprends-moi donc une chanson,
Demandait la bavarde pie
A l'agréable et gai pinson,

Qui chantait le printemps sur l'épine fleurie.
— Allez, allez, vous vous moquez, ma mie ;
A gens de votre espèce, oh ! je gagerais bien
    Que jamais on n'apprendra rien.
    — Eh quoi ! la raison, je te prie ?
— Mais c'est que, pour s'instruire et savoir bien chanter,
    Il faut savoir écouter ;
    Et babillard n'écouta de sa vie. »

Mme DE LA FERRANDIÈRE.

X

Enfant, pour t'endormir tranquille,
Pour avoir des songes heureux,
Je connais un moyen facile ;
Il rassure les plus peureux :
Invoque la Vierge Marie,
Ta voix vers elle montera ;
Des petits enfants c'est l'amie,
Bien sûr elle t'écoutera.

  . . . .

Du haut des cieux elle te garde ;
Sans être vue, elle voit tout ;
Son œil sans cesse nous regarde
Et sans cesse veille sur nous.
Le soir, elle te recommande
A l'ange à ta garde commis,

Et lui, du ciel, à sa demande,
Descend au chevet de ton lit.
Chaque soir fais donc ta prière,
Mon enfant, tu n'auras plus peur ;
Marie est une bonne mère,
Et l'ange un tendre protecteur.

C. M.

XI

LES SERINS ET LE CHARDONNERET.

Un amateur d'oiseaux avait, en grand secret,
    Parmi les œufs d'une serine
    Glissé l'œuf d'un chardonneret.
La mère des serins, bien plus tendre que fine,
Ne s'en aperçut point, et couva comme sien
    Cet œuf qui dans peu vint à bien.
Le petit étranger, sorti de sa coquille,
Des deux époux trompés reçoit les tendres soins,
    Par eux traité ni plus ni moins
    Que s'il était de la famille.
Couché dans le duvet, il dort le long du jour
A côté des serins dont il se croit le frère,
    Reçoit la becquée à son tour,
Et repose la nuit sous l'aile de sa mère.
Chaque oisillon grandit, et, devenant oiseau,

1.

D'un brillant plumage s'habille ;
Le chardonneret seul ne devient point jonquille,
Et ne s'en croit pas moins des serins le plus beau.
    Ses frères pensent tous de même :
Douce erreur qui toujours fait voir l'objet qu'on aime
        Ressemblant à nous trait pour trait !
Jaloux de son bonheur, un vieux chardonneret
Vient lui dire : « Il est temps enfin de vous connaître :
Ceux pour qui vous avez de si doux sentiments
        Ne sont point du tout vos parents.
C'est d'un chardonneret que le sort vous fit naître.
Vous ne fûtes jamais serin, regardez-vous :
Vous avez le corps fauve et la tête écarlate,
Le bec... — Oui, dit l'oiseau, j'ai ce qu'il vous plaira ;
        Mais je n'ai point une âme ingrate,
        Et mon cœur toujours chérira
        Ceux qui soignèrent mon enfance.
Si mon plumage au leur ne ressemble pas bien,
    J'en suis fâché ; mais leur cœur et le mien
        Ont une grande ressemblance.
Vous prétendez prouver que je ne leur suis rien,
    Leurs soins me prouvent le contraire :
    Rien n'est vrai comme ce qu'on sent.
    Pour un oiseau reconnaissant
    Un bienfaiteur est plus qu'un père. »

                                FLORIAN.

XII

Tout le monde ici-bas travaille :
Les oiseaux bècquettent la paille,
Qui bientôt formera les nids
Ou s'élèveront leurs petits ;
La fourmi soulève avec peine
Un brin d'herbe, ensuite le traîne
Jusqu'au tas qu'elle a su bâtir,
Et vous la voyez s'y tapir ;
Les chiens, pour écarter les traîtres,
Veillent la nuit près de leurs maîtres ;
Et le coq de joyeuse humeur
Éveille au jour le laboureur.
Travaillons donc dès la jeunesse,
Et disons : Honte à la paresse !

C. M.

XIII

HISTOIRE.

Dans un char élégant, à côté de sa mère,
Un enfant s'en allait. Toujours vers la portière
Sa jeune tête s'élançait ;

En cheminant il s'adressait
A l'arbre, à la fleur printanière
Que n'avait point encor pu flétrir la poussière ;
Puis il appelait les troupeaux
Bondissant dans les champs ; il parlait aux oiseaux
Qui, gazouillant sous le feuillage,
Semblaient célébrer son passage ;
Puis, levant les yeux, il comptait
Les nuages du ciel, et joyeux s'agitait ;
Et le vent soulevait sa blonde chevelure,
Et la route fuyait sous la frêle voiture.
On lui disait en vain : « Demeurez en repos,
Vous serez en dehors jeté par les cahots. »
Hélas ! l'enfant, aux avis indocile,
Ne voulait point rester tranquille.
Tout d'un coup le char se heurta
Contre une borne et bien loin le jeta.
Je vous épargnerai le reste
De cet évènement funeste...
L'enfant n'existe plus ; on le pleure aujourd'hui,
Mais ce n'est pas sa mère... Elle est auprès de lui.

C. M.

XIV

L'OREILLER D'UNE PETITE FILLE.

Cher petit oreiller, doux et chaud sous ma tête,
Plein de plume choisie, et blanc, et fait pour moi !
Quand on a peur du vent, des loups, de la tempête,
Cher petit oreiller, que je dors bien sur toi !

Beaucoup, beaucoup d'enfants pauvres et nus, sans mère,
Sans maison, n'ont jamais d'oreiller pour dormir ;
Ils ont toujours sommeil. O destinée amère !
Maman ! douce maman ! cela me fait gémir.

Et quand j'ai prié Dieu pour tous ces petits anges
Qui n'ont pas d'oreiller, moi j'embrasse le mien.
Seule, dans mon doux nid qu'à tes pieds tu m'arranges,
Je te bénis, ma mère, et je touche le tien !

Je ne m'éveillerai qu'à la lueur première
De l'aube ; au rideau bleu c'est si gai de la voir !
Je vais dire tout bas ma plus tendre prière ;
Donne encore un baiser, douce maman ! bonsoir !

Mme DESBORDES-VALMORE.

XV

Près du vieillard, ô mes enfants,
Gardez un modeste silence ;
Sa couronne de cheveux blancs
Est un titre à la déférence.
Le poids des ans, pesant sur lui,
Rend sa démarche vacillante ;
Soyez heureux d'être l'appui
De la vieillesse chancelante.
Comme lui, vous serez un jour
Tout affaiblis à force d'âge,
Et d'autres enfants, à leur tour,
A vos vieux ans rendront hommage.

C. M.

XVI

LE CHIEN ET LE CHAT.

Pataud jouait avec Raton,
Mais sans gronder, sans mordre, en camarade, en frère.
Les chiens sont bonnes gens ; mais les chats, nous dit-on,
Sont justement tout le contraire.

Aussi, bien qu'il jurât toujours
D'avoir fait patte de velours,
Raton, et ce n'est point une histoire apocryphe,
Dans la peau d'un ami, comme fait maint plaisant,
Enfonçait, tout en s'amusant,
Tantôt la dent, tantôt la griffe.
Pareil jeu dut cesser bientôt.
« Eh quoi ! Pataud, tu fais la mine !
Ne sais-tu pas qu'il est d'un sot
De se fâcher quand on badine ?
Ne suis-je pas ton bon ami ?
— Prends le nom qui convient à ton humeur maligne,
Raton, ne sois rien à demi ;
J'aime mieux un franc ennemi
Qu'un bon ami qui m'égratigne.

ARNAULT.

XVII

ENFANTINE.

Que de brillantes fleurs tu cueilles
En suivant les sentiers du bois !
Leurs tiges et leurs mille feuilles
Se pressent dans tes petits doigts.
Sur les gazons verts des allées,

Sais-tu qui répand ces bouquets,
Et dans les bois, dans les vallées,
Te sème de si beaux jouets?

Celui qui fait toutes ces choses,
C'est Dieu. De son palais du ciel
C'est lui qui nuance les roses
Et donne aux abeilles leur miel;
C'est lui qui fait croître la plume
De tes serins au faible essor;
A l'oranger qui te parfume
C'est lui qui suspend des fruits d'or.

C'est lui, toujours lui, qui t'envoie
Les bluets semés dans les blés,
Qui donne au ver sa longue soie,
Au rossignol ses chants perlés;
C'est lui qui fait le corps si frêle
Des papillons frais et jolis,
Et qui pose encor sur leur aile
Ces points de nacre et de rubis.

Son ciel est tout plein de merveilles :
Là sont des vierges, blanches sœurs,
Qui volent comme les abeilles,
Des saints aux manteaux de vapeurs,
Des voix qui chantent ses louanges,
Des bienheureux, que sais-je, moi!
De purs esprits, de jolis anges,
Tout petits enfants comme toi.

Mais eux du moins ils sont dociles:
On obéit au paradis.

Leurs jeux sont choisis et tranquilles;
Si jamais des larmes, des cris,
Troublaient la divine demeure,
Parmi les grands saints on dirait :
« Chassez-nous cet enfant qui pleure ! »
Et le bon Dieu se fâcherait.

Tu sais bien ta petite amie?
Elle est comme eux près du Seigneur;
Sitôt après s'être endormie
Elle a fui comme une vapeur,
Plus loin que le soleil qui brille,
Que la lune, que les éclairs,
Que la planète qui scintille,
Que l'arc-en-ciel qui peint les airs.

Parmi ses compagnes nouvelles
Elle est bienheureuse à présent!
Ainsi qu'un ange, elle a des ailes,
Puis une auréole d'argent.
Et parfois, quand elle est bien sage,
Le bon Dieu lui permet encor
D'aller jouer dans un nuage,
Ou bien dans une étoile d'or.

L'enfant obéissant, comme elle,
En mourant s'envole dans l'air;
Mais il tombe, s'il est rebelle,
Chez les hommes noirs de l'enfer.
Là, d'un ton rude on lui commande,
On brise tous ses beaux jouets;
La leçon qu'on donne est si grande
Qu'il ne la termine jamais.

Tu frémis, n'est-ce pas? prends garde !
Sois bien sage, car c'est affreux !
Obéis-moi, Dieu te regarde ;
Les saints et les vierges des cieux,
Sous un nuage qui les voile,
Quand tu pleures viennent te voir ;
Et je sais que dans chaque étoile
Des anges se cachent le soir.

Mme SÉGALAS.

XVIII

HISTOIRE DU PETIT ENFANT ET DU MENDIANT

Un enfant au loin s'en allait,
Et sa bonne en vain l'appelait,
Il s'en écartait davantage :
Des enfants c'est assez l'usage.
Vint à passer un mendiant ;
Il se dit : « Ce charmant enfant
Peut m'aider à gagner ma vie ;
De l'emporter j'ai fantaisie. »
Ce qu'il dit aussitôt fut fait :
Il montre à l'enfant un jouet
Qu'à dessein il avait en poche.
Hélas ! notre étourdi s'approche :
Le mendiant l'a bientôt pris,

Et l'emporte , malgré ses cris,
Aux lieux qu'habite la misère.
Cet enfant avait une mère...
Qu'on juge de son désespoir
En ne le voyant point le soir !
La voilà qui de rue en rue
Court, l'appelant, tout éperdue ;
En vain elle lui tend les bras ,
Le pauvre enfant ne revint pas.

Écoute , ô mon enfant , les avis qu'on te donne ,
Et ne quitte jamais ta bonne.

C. M.

XIX

LES DEUX CHARRUES.

Le soc d'une charrue , après un long repos,
S'était couvert de rouille. Il voit passer son frère ,
Tout radieux, revenant des travaux :
« Forgés des mêmes bras, de semblable matière,
Lui dit-il, je suis terne, et toi poli, brillant ;
Où pris-tu cet éclat, mon frère ? — En travaillant. »

Mme JOLIVEAU

XX

Le riche doit à l'indigent
Ce qui lui manque en sa détresse ;
Il lui doit soins, secours, argent ;
Il lui doit charité, tendresse.
Aux orphelins s'il tend les bras,
Avec amour s'il les accueille,
S'il donne beaucoup ici-bas,
Il sème et dans les cieux recueille.

C. M.

XXI

LA PETITE SOURIS.

« Oh ! maman, venez, venez vite ,
Disait une jeune souris ;
Venez voir le charmant logis
Qu'on nous a préparé. Quel agréable gîte !
Vous me disiez que d'ennemis
Cette maison était peuplée ;
Que chiens, hommes, enfants et chats
Y formaient contre nous une ligue assemblée ;

Mais vous vous trompiez, n'est-ce pas ?
Voyez donc cette maisonnette,
Si bien construite, si proprette,
Cette grille élégante, et ce plancher si net,
Et surtout ce petit crochet
Auquel est suspendue une blanche noisette
Avec un morceau de lard frais.
Dites, qu'en pensez-vous, ma mère?
Des ennemis ont-ils jamais
Telles attentions? Vous conviendrez, j'espère,
Que votre crainte était chimère,
Et qu'ici l'on ne nous veut rien
Que du bien.
Entrez, maman, ouvrez la porte... »
Veut-on savoir où ma souris
Tenait un discours de la sorte?
C'était, hélas ! mes chers amis,
C'était dans une souricière,
Où, sans soupçonner son malheur,
Elle se trouvait prisonnière.
« Imprudente ! lui dit sa mère,
Qu'as-tu fait? quelle est ton erreur !
Cette petite maisonnette,
Qui t'a paru si joliette,
N'était qu'un piége séduisant ;
Et tu vas devenir la proie
De quelque chat, de quelque enfant ;
Ton supplice fera leur joie.
Et moi, quel tourment est le mien !
Hélas ! je ne vois nul moyen
De te sauver d'un sort dont l'aspect m'épouvante... »
Ces mots à la souris tremblante
Ont révélé ses torts et son destin.

Elle s'agite, se tourmente,
Cherche à sortir, mais c'est en vain :
La trappe à soulever était bien trop pesante !
Et c'était aussi vainement
Que la mère, mordant la grille,
Cherchait à délivrer sa fille,
Quand tout à coup, heureusement,
Tous ces chocs et ce mouvement
Ont renversé la souricière.
La trappe s'entr'ouvre ; la mère
Des pieds et du museau fait tant,
Qu'elle en tire la pauvre enfant ;
Et, quittes pour la peur, s'enfuyant au plus vite,
Sans regretter lard frais ni noix,
Elles vont respirer dans leur modeste gîte,
Plus simple et plus sûr à la fois.

Ne croyez trop à l'apparence :
La plus belle souvent n'est qu'un piége trompeur.
Mais si vous y tombiez, enfants, par imprudence,
Ou par faiblesse, ou par erreur,
Songez que votre mère est votre providence.

L. DE JUSSIEU.

XXII

LE COUCHER D'UN PETIT GARÇON.

« Couchez-vous, petit Paul ! il pleut. C'est nuit ; c'est l'heure.
Les loups sont au rempart. Le chien vient d'aboyer.
La cloche a dit : « Dormez ! » et l'ange gardien pleure
Quand les enfants si tard font du bruit au foyer.

« Je ne veux pas toujours aller dormir ; et j'aime
A faire étinceler mon sabre au feu du soir ;
Et je tuerai les loups ! je les tuerai moi-même ! »
Et le petit méchant, tout nu, vint se rasseoir.

.   .   .   .

— Au colombier fermé nul pigeon ne roucoule ;
Sous le cygne endormi l'eau du lac bleu s'écoule.
Paul ! trois fois la couveuse a compté ses enfants ;
Son aile les enferme, et moi je vous défends !

La lune qui s'enfuit, toute pâle et fâchée,
Dit : « Quel est cet enfant qui ne dort pas encor ? »
Sous son lit de nuage elle est déjà couchée ;
Au fond d'un cercle noir la voilà qui s'endort.

Le petit mendiant, perdu seul à cette heure,
Rôdant avec ses pieds las et froids, doux martyr !
Dans la rue isolée où sa misère pleure,
Mon Dieu ! qu'il aimerait un lit pour s'y blottir ! »

Et Paul, qui regardait encor sa belle épée,
Se coucha doucement en pliant ses habits;
Et sa mère bientôt ne fut plus occupée
Qu'à baiser ses yeux clos, par un ange assoupis.

Mme DESBORDES-VALMORE.

XXIII

LE PETIT MENDIANT.

Oh! pardonnez-moi de vous suivre;
Mon devoir m'en fait une loi.
Je n'ai plus de père, et pour vivre
Ma mère, hélas! n'a plus que moi.

Pour elle est tout ce qu'on me donne,
Il faut peu de chose pour nous.
Mon seul patrimoine est l'aumône
Que je sollicite de vous.

Dans vos brillantes destinées
Compatissez à mon destin;
Je n'ai vécu que peu d'années,
Et je n'ai pas toujours du pain.

Quand la force aidera mon âge,
On me verra bien travailler.
Servir ma mère est mon ouvrage ;
Mon travail est de vous prier.

Dans les grandeurs, dans les misères
Tout homme au hasard est jeté !
Hommes, aidez un de vos frères
Que le sort a déshérité !

Vous n'avez plus ce front sévère
Qui me refusait tout appui ;
Vous me secourez ! O ma mère,
Nous avons du pain aujourd'hui !

CREUZÉ DE LESSER.

XXIV

LE GRILLON.

Un pauvre petit grillon
Caché dans l'herbe fleurie,
Regardait un papillon
Voltigeant dans la prairie.
L'insecte ailé brillait des plus vives couleurs ;

L'azur, le pourpre et l'or éclataient sur ses ailes ;
Jeune, beau, petit-maître, il court de fleurs en fleurs,
  Prenant et quittant les plus belles.
« Ah ! disait le grillon, que son sort et le mien
  Sont différents ! Dame Nature
   Pour lui fit tout, et pour moi rien.
Je n'ai point de talents, encor moins de figure ;
Nul ne prend garde à moi ; l'on m'ignore ici-bas :
   Autant vaudrait n'exister pas. »
   Comme il parlait, dans la prairie
   Arrive une troupe d'enfants ;
   Aussitôt les voilà courants
Après ce papillon dont ils ont tous envie.
Chapeaux, mouchoirs, bonnets, servent à l'attraper ;
L'insecte vainement cherche à leur échapper,
   Il devient bientôt leur conquête.
L'un le saisit par l'aile, un autre par le corps ;
Un troisième survient et le prend par la tête :
   Il ne fallait pas tant d'efforts
   Pour déchirer la pauvre bête.
« Oh ! oh ! dit le grillon, je ne suis plus fâché ;
Il en coûte trop cher pour briller dans le monde.
Combien je vais aimer ma retraite profonde !
   Pour vivre heureux, vivons caché. »

       Florian.

XXV

UN ENFANT

A UN OISEAU QU'ON VIENT DE LUI DONNER.

Petit oiseau, ta pauvre mère
Ne gazouillera plus, joyeuse, sur son nid ;
La mère, m'a-t-on dit, qu'on prive de son fils
Demeure triste et solitaire,
Et n'a plus désormais de voix que pour gémir.
C'est moi, charmant oiseau, qui vais te recueillir ;
Je ne te mettrai point en cage,
Mes parents l'ont permis. Debout dès le matin,
J'irai chercher pour toi la verdure, le grain,
Et tu te croiras au bocage.
Va, ne crains rien ; pour toi, j'aurai de si doux soins,
Que ta mère, petit, ne te manquera point ;
Et puis tu grandiras, j'espère,
Et, volant dans les bois, tu la retrouveras.
Oh ! dis-moi, cher petit, tu la reconnaîtras ?
On reconnaît toujours sa mère.

C. M.

XXVI

LES ÉTRENNES.

C'était le jour de l'an ; la nuit était venue ,
Mais la neige à flocons tombait , tombait encor ;
Et pourtant on voyait circuler dans la rue
La foule curieuse et de loin accourue
Pour voir les magasins brillants de luxe et d'or.
« Oh ! la belle poupée ! oh ! le beau jeu de quilles ! »
S'écriaient les enfants en soufflant dans leurs doigts.
Les ménages plaisaient beaucoup aux jeunes filles ;
Les garçons préféraient les grands chevaux de bois.
Et tandis qu'en passant chacun faisait son choix,
Devant un magagin de superbe apparence ,
Un tout petit enfant , un petit orphelin,
Tombait à quelques pas, transi , mourant de faim.
Mais la foule passait avec indifférence ,
Sans lui donner , hélas ! un seul morceau de pain ;
Et sans doute Jeannot, le lendemain matin ,
Eût été trouvé mort et recouvert de neige
(Car il neigeait toujours) , si le ciel , qui protége
Tous les petits enfants, n'eût amené par là
Deux bons petits garçons, de qui les poches pleines
Accouraient se vider au magasin d'étrennes.
C'étaient Paul et Louis , conduits par leur papa.
« Je veux , disait Louis , un gros sucre de pomme ,
Puis un joli tambour, comme en ont les soldats.

— Moi je veux un pantin grand comme un petit homme,
Qui puisse faire aller ses jambes et ses bras ! »
Et Paul, tout en parlant, faisait de si grands pas,
Que son pied vint heurter sous la neige glacée
La jambe de Jeannot, couché sur la chaussée.
Il se baisse. « Ah ! mon Dieu ! c'est un petit garçon,
Dit-il en appelant et son frère et son père ;
Il est peut-être mort de froid et de misère.
Emportons-le, papa, jusques à la maison.
—Pour être ainsi tout seul, il n'a donc plus de mère ?
Dit Louis en venant au secours de son frère.
Bon papa, je t'en prie, emmenons-le chez nous.
— J'y consens, dit le père, ému jusques aux larmes. »
Un fiacre alors passait, ils y montèrent tous.

. . . .

Pourtant à quelques pas brillaient de beaux joujoux !
Mais pour Paul et Louis ils n'avaient plus de charmes :
Leurs yeux ne voyaient plus que le pauvre orphelin
Dont chacun en ses mains avait pris une main.
Aussi quel doux bonheur pour leur âme ravie,
Lorsque, grâce à leurs soins, au milieu du chemin,
Jeannot rouvrit les yeux et revint à la vie !
Ils avaient oublié tambours, sucre et pantin.
Mais enfin l'on arrive. « Où sont donc vos emplettes ?
Dit la mère en prenant ses fils sur ses genoux,
Et sur son cœur joyeux pressant leurs blondes têtes.
—Maman, nous n'avons rien, ni sucre, ni joujoux ;
Mais nous te ramenons un enfant comme nous,
Bien malheureux, vois-tu ! car il n'a plus de mère.
Si tu le veux, maman, il sera notre frère.
—Oui, mes enfants, Jeannot peut rester avec vous,
Dit leur père en rentrant ; car l'on vient de m'apprendre
Qu'il est digne des soins que de lui je veux prendre.

—Oh ! merci ! dit Jeannot en tombant à genoux ;
Merci ! » répéta-t-il, et sa voix oppressée
Ne put par d'autres mots traduire sa pensée.

Nos deux amis, contents de ce qu'ils avaient fait,
Dormirent l'âme heureuse et le cœur satisfait.
Mais leur bonne action trouva sa récompense ;
Car, en se réveillant bien plus tôt qu'on ne pense,
Ils virent sur leur lit, le lendemain matin,
Louis, un beau tambour, et Paul, un grand pantin.

FORTUNÉ HENRY.

XXVII

Que l'on soit juge ou laboureur,
  Poète ou bergère.
Cela ne fait rien au bonheur
  Qu'on a sur la terre.
Soyons d'abord de gais enfants,
Puis des hommes justes et francs,
  Et toute la vie
  Nous serons contents ;
  Oui, toute la vie
  Heureux et contents.

ANGÉLIQUE ARNAUD.

XXVIII

FANFAN ET COLAS.

Fanfan, gras et vermeil, et marchant sans lisière,
　　Voyait son troisième printemps;
D'un si beau nourrisson Pérette toute fière
S'en allait à Paris le rendre à ses parents.
　　Pérette avait sur sa bourrique,
　Dans deux paniers, mis Colas et Fanfan.
De la riche Chloé celui-ci fils unique
Allait changer d'état, de nom, d'habillement,
　　Et peut-être de caractère.
　　Colas, lui, n'était que Colas,
　Fils de Pérette et de son mari Pierre.
Il aimait tant Fanfan, qu'il ne le quittait pas;
　　Fanfan le chérissait de même.
Ils arrivent : Chloé prend son fils dans ses bras;
　　Son étonnement est extrême,
Tant il lui paraît fort, bien nourri, gros et gras.
Pérette de ses soins est largement payée;
　　Voilà Pérette renvoyée;
　Voilà Colas que Fanfan voit partir.
　Trio de pleurs : Fanfan se désespère;
　　Il aimait Colas comme un frère :
Sans Pérette et sans lui que va-t-il devenir?
Il fallut se quitter. On dit à la nourrice :
« Quand de votre hameau vous viendrez à Paris,

N'oubliez pas d'amener votre fils,
Entendez-vous, Pérette ? On lui rendra service. »
Pérette, le cœur gros, mais plein d'un doux espoir,
Déjà de son Colas voit la fortune faite.
De Fanfan cependant Chloé fait la toilette ;
Le voilà décrassé, beau, blanc : il fallait voir !
  Habit doré, toquet d'or, riche aigrette ;
On dit que le fripon, se voyant au miroir,
   Oublia Colas et Pérette.
« Je voudrais à Fanfan porter cette galette,
Dit la nourrice un jour ; Pierre, qu'en penses-tu ?
Voilà tantôt six mois que nous ne l'avons vu. »
  Pierre y consent ; Colas est du voyage.
  Fanfan trouva (l'orgueil est de tout âge),
  Pour son ami, Colas trop mal vêtu ;
  Sans la galette, il l'aurait méconnu.
Pérette accompagna ce gâteau d'un fromage,
De fruits et de raisins, doux trésors de Bacchus.
  Les présents furent bien reçus :
Ce fut tout ; et, tandis qu'elle n'est occupée
  Qu'à faire éclater son amour,
  Le marmot, lui, bat du tambour,
Traîne son chariot, fait danser sa poupée.
Quand il eut bien joué, Colas dit : « C'est mon tour. »
  Mais Fanfan n'était plus son frère ;
  Fanfan le trouva téméraire ;
Fanfan le repoussa d'un air fier et mutin.
  Pérette alors prend Colas par la main :
  « Viens, lui dit-elle avec tristesse,
  Voilà Fanfan devenu grand seigneur ;
  Viens, mon fils, tu n'as plus son cœur :
L'amitié disparaît où l'égalité cesse. »

AUBERT.

XXIX

PRIÈRE D'UN ENFANT A LA CAMPAGNE.

Ces bois, ces prés, cette verdure,
C'est toi, mon Dieu, qui les as faits ;
Nous t'adorons dans tes bienfaits,
Dieu créateur de la nature.

L'oiseau qui, sortant de son nid,
Autour de nous gazouille et vole,
Il est l'œuvre de ta parole ;
Pour notre plaisir tu le fis.

Oui, c'est ton regard qui féconde
Les prés et qui les fait fleurir ;
C'est aussi lui qui fait mûrir
Le blé dont notre champ abonde.

Ces fleurs écloses du matin
Et dont je tresse des couronnes,
C'est toi, mon Dieu, qui nous les donnes ;
Elles s'échappent de ta main.

Ta main a fixé chaque étoile
Qui brille et scintille à nos yeux,
Lorsque la nuit vient sur les cieux
Se répandre comme un grand voile.

Aux jours pesants de la chaleur,
Quand j'entends gronder le tonnerre,
Mon Dieu, je te crois en colère ;
Je me signe, et je n'ai plus peur.

Dans ces lieux pleins de ta présence,
Tout parle de ta majesté ;
Mais, Seigneur, je crois ta bonté
Plus grande encor que ta puissance.

C. M.

XXX

LA BREBIS ET LE CHIEN.

La brebis et le chien, de tous les temps amis,
Se racontaient un jour leur vie infortunée.
« Ah ! disait la brebis, je pleure et je frémis
Quand je songe aux malheurs de notre destinée.
Toi, l'esclave de l'homme, adorant des ingrats,
    Toujours soumis, tendre et fidèle,
    Tu reçois pour prix de ton zèle
    Des coups et souvent le trépas.
    Moi, qui tous les ans les habille,
Qui leur donne du lait et qui fume leurs champs,
Je vois chaque matin quelqu'un de ma famille

Assassiné par ces méchants.
Leurs confrères les loups dévorent ce qui reste.
Victimes de ces inhumains,
Travailler pour eux seuls et mourir par leurs mains,
Voilà notre destin funeste.
— Il est vrai, dit le chien ; mais crois-tu plus heureux
Les auteurs de notre misère ?
Va, ma sœur, il vaut encor mieux
Souffrir le mal que de le faire. »

Florian.

XXXI

Enfants, heureux enfants, aux genoux de vos mères,
Vous qui vous appuyez sur des sœurs ou des frères,
Et qui, sauvés d'un choix qui veut tant de raison,
Rencontrez l'amitié sans quitter la maison,
Écoutez, et, joyeux d'entendre la famille
Dire à d'autres que vous ou mon fils ou ma fille,
Vous connaîtrez enfin tout ce que l'Éternel
A renfermé d'amour dans un nom fraternel.
Frère ! sœur ! on croit voir deux roses sur la branche,
Quatre ailes s'agiter sous la colombe blanche !
Oh ! ces noms, ces doux noms et de frère et de sœur,
On ne les apprend pas, ils nous viennent du cœur !

Hippolyte Violeau.

XXXII

L'ENFANT ET LE MIROIR.

Un enfant élevé dans un pauvre village
Revint chez ses parents, et fut surpris d'y voir
   Un miroir.
  D'abord il aima son image;
Et puis, par un travers bien digne d'un enfant,
  Et même d'un être plus grand,
  Il veut outrager ce qu'il aime,
Lui fait une grimace, et le miroir la rend.
  Alors son dépit est extrême;
  Il lui montre un poing menaçant,
  Il se voit menacé de même.
Notre marmot fâché s'en vient en frémissant
  Battre cette image insolente;
Il se fait mal aux mains. Sa colère en augmente :
  Et, furieux, au désespoir,
  Le voilà devant ce miroir,
  Criant, pleurant, frappant la glace.
Sa mère, qui survient, le console, l'embrasse,
 Tarit ses pleurs, et doucement lui dit :
« N'as-tu pas commencé par faire la grimace
A ce méchant enfant qui cause ton dépit?
— Oui. — Regarde à présent : tu souris, il sourit;
Tu tends vers lui les bras, il te les tend de même;
Tu n'es plus en colère, il ne se fâche plus.
De la société tu vois ici l'emblème :
  Le bien, le mal nous sont rendus. »

       FLORIAN.

XXXIII

UNE PETITE FILLE UN JOUR D'HIVER.

Charmantes fleurs qui parez ma fenêtre,
Petit jardin que mes mains ont planté,
Sur vos rameaux l'hiver fait apparaître
Des fleurs de givre au lieu de fleurs d'été.
Ces diamants qu'à vos feuilles il sème
Sont bien jolis, mais ils vous font mourir;
Dans un air chaud revenez vous guérir...
J'ai des joujoux, j'ai chaud, ma mère m'aime;
Autour de moi l'on ne doit pas souffrir.

Déjà le sol disparaît sous la neige,
Petits oiseaux, vous n'avez plus d'abri;
Venez manger sous ce toit qui protége
Le pain trempé, le millet favori.
Buvez cette eau que je puisai moi-même,
Je m'en irai, jolis petits peureux;
Vous serez seuls, mais soyez bien joyeux !
J'ai des joujoux, j'ai chaud, ma mère m'aime;
Autour de moi tous doivent être heureux.

Petit enfant qui n'as pas de famille,
Pauvre affamé que je vois grelotter,
Viens te chauffer à mon feu qui pétille,
Viens avec moi partager mon goûter.
Sèche tes pleurs sur ton visage blême;

3

Nous t'instruirons, tu joûras à nos jeux.
Donne ta main, et redeviens joyeux...
J'ai des joujoux, j'ai chaud, ma mère m'aime ;
Autour de moi tous doivent être heureux.

J. Fleury.

XXXIV

A L'ANGE GARDIEN.

Veillez sur moi quand je m'éveille,
Bon ange, puisque Dieu l'a dit ;
Et chaque nuit, quand je sommeille,
Penchez-vous sur mon petit lit.
Ayez pitié de ma faiblesse,
A mes côtés marchez sans cesse,
Parlez-moi le long du chemin,
Et pendant que je vous écoute,
De peur que je ne tombe en route,
Bon ange, donnez-moi la main.

Mme A. Tastu.

XXXV

LE PLUS DOUX SOUVENIR.

Vous chercheriez en vain le long de votre vie
Un autre souvenir aussi digne d'envie
Que celui plein de calme et de bonheur parfait
Qui vous rappellera les vœux de votre père,
L'amour de votre Dieu, les soins de votre mère
Et le bien que vous avez fait.

H. VIOLEAU.

XXXVI

LE NID DE FAUVETTE.

Je le tiens ce nid de fauvette !
Ils sont deux, trois, quatre petits !
Depuis si longtemps je vous guette !
Pauvres oiseaux, vous voilà pris !

Criez, sifflez, petits rebelles,
Débattez-vous ; oh ! c'est en vain :
Vous n'avez pas encore d'ailes,
Comment vous sauver de ma main ?

Mais quoi! n'entends-je point leur mère
Qui pousse des cris douloureux?
Oui, je le vois, oui, c'est leur père
Qui vient voltiger auprès d'eux.

Ah! pourrais-je causer leur peine,
Moi qui, l'été, dans les vallons,
Venais m'endormir sous un chêne,
Au bruit de leurs douces chansons?

Hélas! si du sein de ma mère
Un méchant venait me ravir,
Je le sens bien, dans sa misère,
Elle n'aurait plus qu'à mourir.

Et je serais assez barbare
Pour vous arracher vos enfants!
Non, non, que rien ne vous sépare;
Non, les voici, je vous les rends.

Apprenez-leur, dans le bocage,
A voltiger auprès de vous;
Qu'ils écoutent votre ramage
Pour former des sons aussi doux.

Et moi, dans la saison prochaine,
Je reviendrai dans les vallons
Dormir quelquefois sous un chêne,
Au bruit de leurs jeunes chansons.

BERQUIN.

XXXVII

LA RENONCULE ET L'ŒILLET.

La renoncule un jour dans un bouquet
Avec l'œillet se trouva réunie ;
Elle eut le lendemain le parfum de l'œillet :
On ne peut que gagner en bonne compagnie.

BÉRENGER.

XXXVIII

ÈTRE ANGE SUR LA TERRE.

Si quelquefois une vaine louange
Pour me flatter m'a donné le nom d'ange,
Je veux du moins, tout jeune que je suis,
Le mériter autant que je le puis.
Avoir l'humeur égale et point farouche,
Le front serein, le sourire à la bouche ;
Être soumis, compatissant, pieux,
N'est-ce point là, mon Dieu, ce qu'il faut faire
Pour ressembler aux anges sur la terre,
Ou devenir un ange dans les cieux ?

Mme A. TASTU.

XXXIX

LA TAUPE ET LES LAPINS.

Chacun de nous souvent connaît bien ses défauts ;
  En convenir, c'est autre chose :
On aime mieux souffrir de véritables maux
  Que d'avouer qu'ils en sont cause.
  Je me souviens à ce sujet
  D'avoir été témoin d'un fait
 Fort étonnant et difficile à croire ;
  Mais je l'ai vu. Voici l'histoire.

  Près d'un bois, le soir, à l'écart,
  Dans une superbe prairie,
Des lapins s'amusaient, sur l'herbette fleurie,
  A jouer au colin-maillard.
Des lapins ! direz-vous, la chose est impossible.
Rien n'est plus vrai pourtant. Une feuille flexible,
Sur les yeux de l'un d'eux en bandeau s'appliquait,
  Et puis sous le cou se nouait ;
  Un instant en faisait l'affaire.
Celui que ce ruban privait de la lumière
Se plaçait au milieu ; les autres à l'entour
  Sautaient, dansaient, faisaient merveilles,
  S'éloignaient, venaient tour à tour
  Tirer sa queue ou ses oreilles.
Le pauvre aveugle alors, se retournant soudain,
Sans craindre pot au noir, jette au hasard la patte ;

Mais la troupe échappe à la hâte,
Il ne prend que du vent, il se tourmente en vain,
Il y sera jusqu'à demain.
Une taupe assez étourdie,
Qui sous terre entendit ce bruit,
Sort aussitôt de son réduit,
Et se mêle de la partie.
Vous jugez que, n'y voyant pas,
Elle fut prise au premier pas.
« Messieurs, dit un lapin, ce serait conscience,
Et la justice veut qu'à notre pauvre sœur
Nous fassions un peu de faveur;
Elle est sans yeux et sans défense.
Ainsi, je suis d'avis... — Non, répond avec feu
La taupe, je suis prise, et prise de bon jeu;
Mettez-moi le bandeau. — Très volontiers, ma chère,
Le voici; mais je crois qu'il n'est pas nécessaire
Que nous serrions le nœud bien fort.
— Pardonnez-moi, monsieur, reprit-elle en colère,
Serrez bien, car j'y vois... serrez, j'y vois encor. »

FLORIAN.

XL

LA GRAND'MÈRE MALADE.

« Reste ici, chère enfant, regarde-moi, je pleure ;
Cesse tes jeux, et viens prier à demi-voix
Pour ta bonne maman le bon Dieu qui demeure
Dans les nuages bleus que tout là-haut tu vois !
Le bon Dieu t'aime bien, et ta jeune prière
En montant jusqu'à lui pourra guérir ma mère;
   Ma mère qui te bénira,
   Et, le soir, t'attirant vers elle,
   Longuement te racontera
   Une histoire toujours nouvelle ;
   Ma mère qui priait pour toi,
   Quand, toute petite et souffrante,
   Près d'elle, te berçant sur moi,
   J'endormais ta plainte mourante.

Ma mère que Dieu seul, vois-tu bien, peut guérir ;
Car elle se fait vieille, et sa vie est fragile,
Comme le sont les fleurs que ta main fait mourir
Lorsqu'elle les arrache à ce vase d'argile...
Tu ris, pauvre petite !... et tu ne comprends pas
La mort dans une vie où tu n'as fait qu'un pas.
   La mort !... Oh! pourquoi te l'apprendre
   Ce mot qui me glace d'effroi,
   Quand souvent, pour le mieux entendre,
   Je te vois, t'approchant de moi,
   Briser, en voulant le redire.

Le fil qui pend à mon rouet,
Et puis rire du même rire
Que si tu nommais un jouet ?

Rire, pauvre petite !... et chaque jour qui passe
Voit de ta grand'maman s'augmenter le danger...
Rire !... et j'entends sans cesse, et dans un même espace,
Ses plaintes et tes jeux, sans pouvoir exiger
Qu'épiant comme moi chaque douleur nouvelle,
Tu restes immobile et muette auprès d'elle.
        Oh ! que ta joie est triste ici !
        Qu'elle me fait de mal, ma fille !
        Si tu ne jouais pas ainsi,
        Combien tu serais plus gentille !
        Je te donnerais du rosier
        Chaque matin toutes les roses,
        Les jolis fruits du cerisier,
        Et puis encor bien d'autres choses.

—Quoi ! maman, dit l'enfant, avec tout ce beau fruit,
J'aurais des fleurs, et puis d'autres choses peut-être,
Si je suis bien tranquille ! Oh ! sans faire de bruit,
Je veux toujours ouvrir la porte et la fenêtre,
Près du lit doucement marcher à petits pas,
Et, si je ris encor, ne rire que tout bas.
        Et tu m'aimeras davantage,
        Et tu cesseras de pleurer,
        Car le bon Dieu, si je suis sage,
        Ne voudra pas nous séparer.
        Tu dis qu'avec une prière
        On peut empêcher de mourir ;
        Je vais prier pour ma grand'mère,
        Et Dieu lui dira de guérir. »

S'agenouillant alors, l'enfant dit sa prière,
Et Dieu, lui souriant comme sourit un père,
Dit à l'ange de mort de remonter aux cieux,
Et l'ange s'arrêtant fit un signe à la vie ;
Elle revint plus belle et de longs jours suivie.
L'enfant recommença ses cris, son bruit joyeux ;
    Elle eut les cerises, les roses,
    Et puis encor bien d'autres choses.

Mme WALDOR.

—————

XLI

PRIÈRE DES ENFANTS.

Notre Père des cieux, Père de tout le monde,
De vos petits enfants c'est vous qui prenez soin ;
Mais à tant de bonté vous voulez qu'on réponde,
Et qu'on demande aussi, dans une foi profonde,
    Les choses dont on a besoin.

Vous m'avez tout donné, la vie et la lumière,
Le blé qui fait le pain, les fleurs qu'on aime à voir,
Et mon père et ma mère, et ma famille entière ;
Moi je n'ai rien pour vous, mon Dieu, que la prière
    Que je vous dis matin et soir.

Notre Père des cieux, bénissez ma jeunesse;
Pour mes parents, pour moi, je vous prie à genoux;
Afin qu'ils soient heureux, donnez-moi la sagesse,
Et puissent leurs enfants les contenter sans cesse
Pour être aimés d'eux et de vous!

Mᵐᵉ AMABLE TASTU.

XLII.

CONTE D'ENFANT.

Il ne faut pas courir à travers les bruyères,
Enfant, ni sans congé vous hasarder au loin;
Vous êtes très-petit, et vous avez besoin
Que l'on vous aide encore à dire vos prières.
Que feriez-vous aux champs, si vous étiez perdu,
Si vous ne trouviez plus le sentier du village?
On dirait : « Quoi! si jeune, il est mort? c'est dommage! »
Vous cririez... de si loin seriez-vous entendu?
Vos petits compagnons, à l'heure accoutumée,
Danseraient à la porte et chanteraient tout bas;
Il faudrait leur répondre, en la tenant fermée :
« Une mère est malade, enfants, ne chantez pas! »
Et vos cris rediraient : « O ma mère! ô ma mère! »
L'écho vous répondrait, l'écho vous ferait peur.
L'herbe humide et la nuit vous transiraient le cœur.
Vous n'auriez à manger que quelque plante amère;

Point de lait! point de lit!... Il faudrait donc mourir?
J'en frissonne, et vraiment ce tableau fait frémir.
Embrassons-nous; je vais vous conter une histoire;
Ma tendresse pour vous éveille ma mémoire.

Il était un berger veillant avec amour
Sur des agneaux chéris qui l'aimaient à leur tour.
Il les désaltérait dans une eau claire et saine,
Les baignait à la source, et blanchissait leur laine;
De serpolet, de thym parfumait leurs repas;
Des plus faibles encor guidait les faibles pas;
D'un ruisseau quelquefois permettait l'escalade.
Si l'un d'eux, au retour, traînait un pied malade,
Il était dans ses bras tout doucement porté,
Et, la nuit, sur son lit, dormait à son côté.
Réveillé le matin par l'aurore vermeille,
Il leur jouait des airs à captiver l'oreille.
Plus tard, quand ils broutaient leur souper sous ses yeux,
Aux sons de sa musette il les rendait joyeux.
Enfin il renfermait sa famille chérie
                    Dedans la bergerie.
Quand l'ombre sur les champs jetait son manteau noir,
                    Il leur disait : « Bonsoir,
Chers agneaux; sans danger reposez tous ensemble;
L'un par l'autre pressés, demeurez chaudement;
Jusqu'à ce qu'un beau jour se lève et nous rassemble,
Sous la garde des chiens dormez tranquillement. »

Les chiens rôdaient alors, et le pasteur sensible
Les revoyait heureux dans un rêve paisible.
Eh! ne l'étaient-ils pas? Tous bénissaient leur sort.
Excepté le plus jeune; hardi, malin, folâtre,

Des fleurs, du miel, des blés et des bois idolâtre,
Seul il jugeait tout bas que son maître avait tort.

Un jour, riant d'avance, et roulant sa chimère,
Ce petit fou d'agneau s'en vint droit à sa mère,
Sage et vieille brebis, soumise au bon pasteur.
« Mère, écoutez, dit-il : d'où vient qu'on nous enferme ?
Les chiens ne le sont pas, et j'en prends de l'humeur.
Cette loi m'est trop dure, et j'y veux mettre un terme.
Je vais courir partout, j'y suis très-résolu.
Le bois doit être beau pendant le clair de lune ;
Oui, mère, dès ce soir je veux tenter fortune :
Tant pis pour le pasteur, c'est lui qui l'a voulu.
— Demeurez, mon agneau, dit la mère attendrie ;
Vous n'êtes qu'un enfant, bon pour la bergerie ;
Restez-y près de moi. Si vous voulez partir,
Hélas ! j'ose pour vous prévoir un repentir.
— J'ose vous dire non, » cria le volontaire...
Un chien les obligea tous les deux à se taire.

Quand le soleil couchant au parc les rappela
Et que par flots joyeux le troupeau s'écoula,
L'agneau sous une haie établit sa cachette ;
Il avait finement détaché sa clochette.
Dès que le parc fut clos, il courut à l'entour ;
Il jouait, gambadait, sautait à perdre haleine.
« Je voyage, dit-il, je suis libre à mon tour,
Je ris, je n'ai pas peur, la lune est claire et pleine ;
Allons au bois, dansons, broutons. » Mais, par malheur,
Des loups pour leurs enfants cherchaient alors curée :
Un peu de laine, hélas ! sanglante et déchirée,
Fut tout ce que le vent daigna rendre au pasteur.

Jugez comme il fut triste à l'aube renaissante !
Jugez comme on plaignit la mère gémissante !
« Quoi ! ce soir, cria-t-elle, on nous appellera,
Et ce soir... et jamais l'agneau ne répondra ! »
En l'appelant en vain elle affligeait l'aurore ;
Le soir elle mourut en l'appelant encore.

Mᵐᵉ DESBORDES-VALMORE.

XLIII

A MA PETITE FILLE MOURANTE.

Cesse tes pleurs, pauvre petite,
Tout doucement ferme les yeux ;
Ce soir tu vas être conduite
Par un bel ange dans les cieux.

Cette grande lune argentée,
Que tu demandas tant de fois,
Et qu'au sein de l'onde agitée
Tu voulais fixer sous tes doigts,

Tu l'auras ; le soleil encore !
De tes deux mains tu toucheras
L'or radieux qui le décore,
Plus doux à tes yeux délicats.

Les étoiles que la nuit sombre
Allume sous un ciel serein
Ne te cacheront plus leur ombre
Qu'ici-bas du cherchais en vain.

Bienheureuse enfant qui s'envole
Dans les jardins délicieux
Où jamais l'heure de l'école
Ne vient interrompre les jeux !

Là, chaque jour est un dimanche
Qui ramène un nouveau plaisir ;
Là, sans souiller ta robe blanche,
Tu pourras jouer et courir.

Quelle riante bienvenue !
Ta place est auprès du Seigneur ;
Mille beaux anges, à ta vue,
Vont s'écrier : C'est notre sœur !

Et puis la mère de ta mère,
Dont tu reconnais le baiser !
Et puis encor ton vieux grand-père
Et ses deux genoux pour danser !

Déjà d'une auréole sainte
Ton front, plus pâle, s'embellit,
Ainsi que cette vierge peinte
Que tu vois au chevet du lit.

Le bon Dieu te fera deux ailes
Qui porteront ton corps léger ;
Et, rivale des hirondelles,
Dans l'air tu pourras voltiger.

Oh ! qu'un vol heureux te ramène
Quelquefois vers ta mère en pleurs,
Qui reste ici, malgré sa peine,
Pour nourrir tes deux jeunes sœurs !

Tu pars ? Adieu, pauvre petite !
Tout doucement ferme les yeux ;
Ce soir tu vas être conduite
Par un bel ange dens les cieux.

CAVÉ.

XLIV

L'ÉCOLIER.

Un tout petit enfant s'en allait à l'école.
On avait dit : « Allez !... » Il tâchait d'obéir ;
Mais son livre était lourd, il ne pouvait courir.
Il pleure et suit des yeux une abeille qui vole.
« Abeille, lui dit-il, voulez-vous me parler ?
Moi, je vais à l'école : il faut apprendre à lire ;
Mais le maître est tout noir, et je n'ose pas rire.
Voulez-vous rire, abeille, et m'apprendre à voler ?
— Non, dit-elle ; j'arrive et je suis très-pressée.
J'avais froid : l'aquilon m'a longtemps oppressée ;
Enfin, j'ai vu les fleurs, je redescends du ciel,

Et je vais commencer mon doux rayon de miel.
Voyez ! j'en ai déjà puisé dans quatre roses ;
Avant une heure encor nous en aurons d'écloses.
Vite, vite à la ruche ! On ne rit pas toujours :
C'est pour faire le miel qu'on nous rend les beaux jours. »

Elle fuit et se perd sur la route embaumée.
Le frais lilas sortait d'un vieux mur entr'ouvert ;
Il saluait l'aurore, et l'aurore charmée
Se montrait sans nuage et riait de l'hiver.

Une hirondelle passe ; elle effleure la joue
Du petit nonchalant qui s'attriste et qui joue ;
Et dans l'air suspendue, en redoublant sa voix,
Fait tressaillir l'écho qui dort au fond des bois.

« Oh ! bonjour, dit l'enfant, qui se souvenait d'elle ;
Je t'ai vue à l'automne. Oh ! bonjour, hirondelle ;
Viens ! tu portais bonheur à ma maison, et moi
Je voudrais du bonheur. Veux-tu m'en donner, toi ?
Jouons. — Je le voudrais, répond la voyageuse,
Car je respire à peine, et je me sens joyeuse.
Mais j'ai beaucoup d'amis qui doutent du printemps ;
Ils rêveraient ma mort si je tardais longtemps.
Non, je ne puis jouer. Pour finir leur souffrance,
J'emporte un brin de mousse en signe d'espérance.
Nous allons relever nos palais dégarnis ;
L'herbe croît : c'est l'instant des amours et des nids.
J'ai tout vu. Maintenant, fidèle messagère,
Je vais chercher mes sœurs, là-bas, sur le chemin.
Ainsi que nous, enfant, la vie est passagère ;
Il faut en profiter. Je me sauve... A demain ! »

L'enfant reste muet, et, la tête baissée,
Rêve et compte ses pas pour tromper son ennui,
Quand le livre importun dont sa main est lassée
Rompt ses fragiles nœuds et tombe auprès de lui.

Un dogue l'observait du fond de sa demeure.
Stentor, gardien sévère et prudent à la fois,
De peur de l'effrayer, retient sa grosse voix.
Hélas! peut-on crier contre un enfant qui pleure?

« Bon dogue, voulez-vous que je m'approche un peu?
Dit l'écolier plaintif. Je n'aime pas mon livre;
Voyez! ma main est rouge : il en est cause. Au jeu,
Rien ne fatigue, on rit; et moi, je voudrais vivre
Sans aller à l'école, où l'on tremble toujours.
Je m'en plains tous les soirs, et j'y vais tous les jours;
J'en suis très-mécontent. Je n'aime aucune affaire.
Le sort des chiens me plaît, car ils n'ont rien à faire.

— Écolier! voyez-vous le laboureur aux champs?
Eh bien! ce laboureur, dit Stentor, c'est mon maître.
Il est très-vigilant; je le suis plus peut-être.
Il dort la nuit, et moi j'écarte les méchants.
J'éveille aussi ce bœuf qui d'un pas lent, mais ferme,
Va creuser les sillons quand je garde la ferme.
Pour vous-même on travaille, et, grâce à vos brebis,
Votre mère, en chantant, vous file des habits.
Par le travail tout plaît, tout s'unit, tout s'arrange.
Allez donc à l'école, allez, mon petit ange!
Les chiens ne lisent pas, mais la chaîne est pour eux :
L'ignorance toujours mène à la servitude.
L'homme est fin, l'homme est sage, il nous défend l'étude;

Enfant, vous serez homme, et vous serez heureux ;
Les chiens vous serviront. » L'enfant l'écouta dire,
Et même il le baisa. Son livre était moins lourd.
En quittant le bon dogue, il pense, il marche, il court.
L'espoir d'être homme un jour lui ramène un sourire.
A l'école, un peu tard, il arrive gaîment,
Et dans le mois des fruits il lisait couramment.

Mme DESBORDES-VALMORE.

FIN DU LIVRE PREMIER.

LIVRE DEUXIÈME.

1

AUX PETITS ENFANTS.

Enfants, le Dieu que votre mère
Vous dit de prier tous les jours
A créé le ciel et la terre,
Les bois, les oiseaux, la lumière,
Les fleurs qui renaissent toujours.

Il est des hommes et des choses
Le maître et l'auteur glorieux ;
Ses mains, qui ne sont jamais closes,
Versent le parfum dans les roses,
Versent les soleils dans les cieux.

Il donne aux arbres leurs feuillages ;
Il a mis dans les flots amers
Ces milliers de beaux coquillages,
Richesse des sombres rivages,
Fleurs et fruits des profondes mers.

Il protége les cœurs paisibles,
Garde l'enfant dans son sommeil,
Et les insectes invisibles
Dans les sphères inaccessibles
Où sa main guide le soleil.

Il connaît tout ce qui se passe
Dans les mondes qu'il a formés ;
Malgré le temps, malgré l'espace,
Il se souvient quand tout s'efface,
Il lit dans tous les cœurs fermés.

Il voit et nous juge en silence ;
Le bien près du mal est compté ;
Mais qu'il punisse ou récompense,
Rien n'est si bon que sa puissance,
Rien n'est si grand que sa bonté.

Souvent, pour les biens qu'il nous donne,
Des méchants osent le haïr ;
Pourtant jamais il n'abandonne ;
Aux méchants même Dieu pardonne
Dès qu'il les voit se repentir.

Priez, enfant ; votre prière
Nous aide et parfois nous défend.
L'enfant qui prie est tutélaire ;
Dieu laisse enchaîner sa colère
Par la prière d'un enfant.

Le souffle de vos lèvres roses
Là-haut saura bien parvenir ;
Vos prières, à peine écloses,
Là-haut protégeront deux choses :
Notre passé, votre avenir.

...

II

LES DEUX ENFANTS.

Un jour Perrinet et Colin,
Deux enfants de même âge, entrés dans un jardin,
S'égayaient à la promenade,
Et sous des marronniers faisaient mainte gambade.
Ils trouvèrent sur le gazon
Un fruit plein de piquants, fait comme un hérisson.
Colin le ramassa ; son petit camarade
Le crut un sot : « Tu tiens, dit-il, un mets
Des plus friands pour les baudets ;
C'est un chardon, et ton goût est étrange.
Pour moi, je vois des pommes d'or ;
Voilà mon fait, et la main me démange. »
Perrinet à l'instant se saisit d'une orange,
Et croit posséder un trésor :
La couleur du métal que l'univers adore
Séduit jusqu'aux enfants. Celui-ci, bien joyeux,

Admire un si beau fruit et s'imagine encore
  Qu'il est d'un goût délicieux.
Il y fut attrapé notre petit compère,
  Car cette orange était amère.
  Aussitôt qu'il en eut goûté,
Il la jeta bien loin. Colin, de son côté,
S'était piqué les doigts; mais sa persévérance,
  Surmontant la difficulté,
  Trouve un marron pour récompense.

Ce marron hérissé figure la science,
  Qui, sous des dehors épineux,
Cache d'excellents fruits; tandis que l'ignorance,
  Sous une riante apparence,
Produit des fruits amers et souvent dangereux.

       RICHER.

III

BONHEUR DE L'ENFANT VERTUEUX.

  Oh! bienheureux mille fois
  L'enfant que le Seigneur aime,
  Qui de bonne heure entend sa voix,
 Et que ce Dieu daigne instruire lui-même!
Loin du monde élevé, de tous les dons des cieux
  Il fut orné dès sa naissance;
 Et du méchant l'abord contagieux

N'altère point son innocence.
Tel, en un secret vallon,
Sur les bords d'une onde pure,
Croît, à l'abri de l'aquilon,
Un jeune lis, l'amour de la nature.
Heureux, heureux mille fois
L'enfant que le Seigneur rend docile à sa voix !

RACINE.

IV

LA BONNE AVENTURE.

Je suis un petit chrétien
    D'heureuse nature ;
J'ai la gaîté pour soutien
    Tant que le jour dure.
Montrant mon opinion,
Je veux choisir pour patron
Saint Bonaventure, bon !
    Saint Bonaventure.

Je prends le temps comme il vient.
    Pourquoi des murmures ?
Au temps chaud, il m'en souvient,
    Les figues sont mûres.
Je sais qu'ensuite il pleuvra ;

4

Mais le raisin grossira.
La bonne aventure, la !
    La bonne aventure.

Dans la saison des grands froids,
    Pauvre créature !
Je vois sur mes petits doigts
    Plus d'une engelure.
Vite, pour me tenir chaud,
Venez, toupie et cerceau...
La bonne aventure, oh ! oh !
    La bonne aventure.

Je n'apprends pas mes leçons
    Sans quelques tortures ;
Mais j'y gagne des bonbons
    Et des confitures.
Après le jeu travailler,
Et dormir après bâiller,
La bonne aventure, gai !
    La bonne aventure.

Le chat me prit un gâteau
    De belle figure,
Et ce voleur l'eut bientôt
    Mis sous sa fourrure.
C'était un gâteau de plomb ;
Je n'eus point d'indigestion.
La bonne aventure au fond,
    La bonne aventure.

On a ses petits malheurs ;
    C'est dans la nature.

Au lieu de verser des pleurs,
Moi je les endure ;
Je les ressens bien pourtant,
Mais mon bon ange est content.
La bonne aventure, pan !
La bonne aventure.

Louis Veuillot.

V

LA PERDRIX ET SES PETITS.

« Taisez-vous, disait la perdrix,
Un jour d'orage, à ses petits,
Qui jabottaient, murmurant de la pluie.
Voulez-vous, dans votre folie,
Régler le temps qu'il doit faire ici-bas ?
Et l'ordonnateur des frimas
Sait-il donc moins que vous, présomptueuse race,
Ce qu'il faut, ce qu'il ne faut pas ?
Évitez le panneau, le fusil, la tirasse,
Voilà votre important devoir ;
Remplissez-le et laissez pleuvoir ;
Songez même que c'est pour votre bien peut-être
Qu'il pleut ainsi du matin jusqu'au soir. »
Durant ces mots, la perdrix voit paraître
Un chien couchant qui vient à pas de loup :

« Partons, dit-elle, et prévenons le coup. »
Elle part, on la suit ; la compagnie entière
S'élève dans les airs, et dans le même instant
    Certain cliquetis qu'on entend
    Fait frissonner la pauvre mère :
    C'est un fusil qui se détend.
Mais, par bonheur, la poudre meurtrière
Était humide, et le feu ne prit point.
Cet incident arriva tout à point
Pour le bonheur de la famille ailée,
  Qui, rendant grâce au ciel d'être mouillée,
Reconnut qu'il ne faut se dépiter de rien,
    Que rien n'est stable dans la vie,
    Et que ce qui nous contrarie
    Prépare souvent notre bien.

MANCINI.

VI

A JÉSUS.

PRIÈRE D'UN ENFANT.

A l'enfant qui te révère,
Tu ne te dérobes pas ;
Si jusqu'au mont du Calvaire
Il ne peut suivre tes pas,

S'il ne vient pas à ta table
Manger le pain des élus,
Tu l'appelles dans l'étable,
O Jésus, petit Jésus !

L'étable est le petit temple
Que ton amour fit pour nous ;
Là souvent je te contemple
Et je te parle à genoux.
A ton berceau ma prière
N'a point de vœux superflus ;
Elle cherche ta lumière,
O Jésus, petit Jésus !

Que ta bonté me retire
Loin des chemins hasardeux,
Pour que nous puissions sourire
En nous regardant tous deux ;
Que ta sagesse m'instruise
De ce qui te plaît le plus ;
Que ta grâce me conduise,
O Jésus, petit Jésus !

Si ta parole me reste
En tout temps au fond du cœur,
Si de tout penchant funeste
Je puis demeurer vainqueur ;
Si jamais je ne dévie
Dans la route des vertus,
Prolonge beaucoup ma vie,
O Jésus, petit Jésus !

Mais si mon adolescence
Marche dans l'iniquité,

4.

Si ma robe d'innocence
Doit perdre sa pureté,
N'attends pas ce jour, arrête
L'essor de mes pas perdus.
Frappe ! ma jeune âme est prête,
O Jésus, petit Jésus !

H. Violeau.

VII

LE CHIEN DE L'AVEUGLE.

Un aveugle, à genoux près d'une croix de pierre,
Attendait la pitié qu'appelait sa prière ;
Et près de lui son chien, prêt à guider ses pas,
Regardait tristement si l'on ne venait pas.

C'était l'heure où le jour, s'éteignant en silence,
Aux fraîcheurs d'un beau soir invite l'opulence.
Quel est ce bruit lointain ? Deux brillants étrangers,
Emportés par un char à des plaisirs légers,
Venaient ; le chien joyeux accourt sur leur passage,
Et de leur charité conçoit un doux présage.
Le char passe, et, sans voir l'envoyé suppliant,
N'écarte point sa roue et l'écrase en fuyant.

Et l'aveugle était là! sa main s'avance errante ;
Il se traîne où gémit la victime expirante,
Et pâle : « O vieil ami, qui viendra comme toi
« Me conduire au chemin que tu savais pour moi?
« Ne crois pas, vieil ami, que longtemps je te pleure,
« Toi qui de mendier toujours m'indiquais l'heure,
« Toi qui de seuil en seuil, comme un frère affligé,
« Cherchais pour moi le pain entre nous partagé,
« Qui, près de moi, couché sur mon lit d'infortune,
« Caressais ma misère aux humains importune.

« J'étais riche autrefois, et j'oubliais mon chien ;
« Il ne m'oublia pas, lui seul, quand je n'eus rien.
« Il suivait mes plaisirs, il guida ma misère ;
« Lui seul m'était resté, lui seul, et j'étais père!...
« Quand je devins aveugle, à mon malheur soumis,
« Mon chien se ressouvint du seuil de mes amis.
« Il m'y montre, il appelle, attend leur bienfaisance ;
« Puisque nul d'eux ne vient, je crois à leur absence.
« Mais on bannit mes pleurs, et même sans les voir ;
« La pitié des passants fit seule son devoir.
« Mon chien, quand j'achevais ma prière humble et lente,
« Agitait dans sa bouche une coupe tremblante.

« Je ne sais quel langage aux cœurs il sut tenir,
« Mais l'aumône jamais ne tardait à venir.
« Si jamais il souffrait, c'était de ma souffrance ;
« Mon chien était ma vue et ma seule espérance ;
« Quand tout me délaissait, il veillait sur mes pas.
« Il meurt!... C'est maintenant que je n'y verrai pas.
« Tendre ami, je reviens à ma douleur première ;
« C'est la seconde fois que je perds la lumière.

« Je ne le verrai pas mourir en me cherchant ;
« Que je puisse du moins le voir en le touchant !
« Je le sens, je le vois ; il s'agite, il écoute ;
« J'entends un long soupir, il est pour moi sans doute.
« Viens mourir sous mes pleurs, ami, je meurs aussi.
« Viens ; tous deux pour toujours nous resterons ici. »

Ses longs embrassements suivent sa voix tremblante,
Et l'aveugle resta sur la terre sanglante...
Et l'on se demandait, s'attristant à demi,
Pourquoi ne passaient plus l'aveugle et son ami...

BELMONTET.

_____

VIII

L'ENFANT ET LE SERIN.

Un jeune enfant un jour entendit par hasard
Un serin dont le ton aigre, rauque et criard
    Semblait lui déchirer l'oreille.
« Qu'est-ce donc que ceci? dit alors l'écolier ;
    Les serins chantent à merveille,
    Et toi, tu ne fais que crier !
    Si je ne voyais ton plumage,
En entendant ta voix et ton vilain ramage,
    Je te croirais un autre oiseau.
    Pourquoi prends-tu ce ton nouveau.

Et n'as-tu pas le chant de ceux de ton espèce ?
— C'est, lui dit le serin, que, pendant ma jeunesse,
Je me trouvais sans cesse à côté d'un moineau,
Et, n'entendant jamais que sa triste harmonie,
Malgré moi, de sa voix la mienne a pris le son. »

Dans la mauvaise compagnie,
Sans le vouloir, on prend un mauvais ton.

REYRE.

IX

BIENFAITS DE DIEU.

C'est Dieu qui donne aux fleurs leur aimable peinture.
Il fait naître et mûrir les fruits ;
Il leur dispense avec mesure
Et la chaleur des jours, et la fraîcheur des nuits.
Le champ qui les reçut les rend avec usure.
Il commande au soleil d'animer la nature ;
Et la lumière est un don de ses mains.
Mais sa loi sainte, sa loi pure,
Est le plus riche don qu'il ait fait aux humains...
En vain l'injuste violence
Au peuple qui le loue imposerait silence,
Son nom ne périra jamais.
Le jour annonce au jour sa gloire et sa puissance.
Tout l'univers est plein de sa magnificence.
Chantons, publions ses bienfaits.

RACINE.

X

LE PETIT OISEAU.

LES ENFANTS.

Enfin nous te tenons,
Petit, petit oiseau;
Enfin nous te tenons
Et nous te garderons.

L'OISEAU.

Dieu m'a fait pour voler,
Gentils, gentils enfants,
Dieu m'a fait pour voler,
Laissez-moi m'en aller.

LES ENFANTS.

Non, nous te donnerons,
Petit, petit oiseau,
Non, nous te donnerons
Biscuit, sucre et bonbons.

L'OISEAU.

Ce qui doit me nourrir,
Gentils, gentils enfants,
Ce qui doit me nourrir
Aux champs seuls peut venir.

LES ENFANTS.

Tous nous applaudirons,
Petit, petit oiseau,
Tous nous applaudirons
A tes vives chansons.

L'OISEAU.

Je chantais dans les bois,
Gentils, gentils enfants,
Je chantais dans les bois;
En prison plus de voix !

LES ENFANTS.

Mais tant nous t'aimerons,
Petit, petit oiseau,
Mais tant nous t'aimerons
Et te caresserons !

L'OISEAU.

Ce n'est pas me chérir,
Gentils, gentils enfants,
Ce n'est pas me chérir
Que me faire mourir !

LES ENFANTS.

Tu dis la vérité,
Petit, petit oiseau,
Tu dis la vérité ;
Reprends ta liberté.

LOUIS FORTOUL.

XI

L'ANE SAVANT.

A force de durs traitements,
    Un pauvre âne dans sa cervelle
Avait enfin gravé certaine kyrielle
    De signes et commandements.
Il savait à chacun, de façon telle ou telle,
    Obéir ponctuellement,
Aller, venir, tourner, lever, baisser la tête,
Désigner la personne ou plus sage ou plus bête,
Faire maints tours enfin, pourvu qu'exactement
On suivît le même ordre en les lui commandant.
    Pareille science, à tout prendre,
    N'est rien qu'une routine. Eh oui !
Mais d'un âne, après tout, que voulez-vous attendre ?
Je trouve, quant à moi, que c'était fort pour lui.
Le fait est qu'il passait pour très-grande merveille ;
Lorsqu'il allait en foire avec son conducteur,
Vous eussiez admiré l'air profond et rêveur
Dont il faisait mouvoir son bonnet de docteur,
Et de chaque côté montrait un bout d'oreille.
Il attirait la foule, et chacun s'étonnait.
A le faire briller son maître était habile :
    Chaque ignorant, chaque benêt
    De bonne foi s'imaginait
    Que ce pauvre âne raisonnait ;
    Et même on vit tel imbécille

Prétendre un jour qu'il le tenait
Pour premier savant de la ville.
Une semblable opinion
Était chose pour lui fort douce et fort utile ;
Mais on concevra bien qu'il lui fut difficile
De soutenir longtemps sa réputation.
Certain jour de très-bonne fête,
Notre âne sur la place attirait grand concours.
Un moment, par malheur, son maître perd la tête ;
Des commandements et des tours
Il intervertit l'ordre et dérange le cours :
Alors voilà la pauvre bête,
Fidèle à sa routine, allant son train toujours,
Frappant du pied quand il faut braire ,
S'égosillant lorsqu'il faudrait se taire,
Tournant , manœuvrant à rebours,
A chaque signe, enfin, faisant tout le contraire
De ce qu'il conviendrait de faire.
Ce fut au point, assure-t-on,
Que, pour désigner la plus sage
Des jeunes filles du village,
Il alla s'arrêter devant un gros garçon ,
Et que, pour indiquer l'enfant le plus poltron,
Il s'en vint souffler au visage
Tout balafré d'un vieux dragon.
Chacun alors se prit à rire ;
Chacun de bafouer le triste Aliboron,
De huer son maître, et de dire :
« Retourne à l'école, beau sire ,
Et tâche de comprendre un peu mieux ta leçon. »

Dois-je ajouter qu'en plus d'une occurrence ,
J'ai rencontré de petits sots ,

Fort habiles en apparence,
    Mais qui ne savaient que des mots
Assemblés sans raison et sans intelligence?
    Hélas! avec ce faux savoir,
Tel qui peut le matin abuser l'ignorance,
Par tous les bons esprits sera sifflé le soir.

L. DE JUSSIEU.

XII

PRIÈRE

D'UN ENFANT POUR SON PÈRE EN VOYAGE.

Protége mon père en sa route,
O Dieu dont la clémence écoute
Nos vœux d'enfants et les bénit.
Mets à ses côtés, je t'en prie,
L'ange qui conduisit Tobie
    Au voyage qu'il fit.

Cache le soleil sous la nue,
Alors qu'éblouissant la vue,
Il fatigue le voyageur;
Mais qu'au soir perçant le nuage,
Il se montre comme un présage
    Annonçant le bonheur.

Dans le jour, abats la poussière
Qui vient, en s'élevant de terre,
Incommode, le tourmenter,
Et que, signe de la tempête,
La foudre grondant sur sa tête
    Plus loin aille éclater.

Mon Dieu, que ta voix l'avertisse
Et l'éloigne du précipice
Caché sur le bord du chemin ;
Conduis les chevaux qui l'entraînent,
Et que les guides qui les tiennent
    Demeurent en ta main.

Toi-même prépare le gîte
Où, lassé, le soir il s'abrite,
Et que, sans crainte, sans frayeur,
Il s'endorme en priant... Tranquille,
On doit reposer dans l'asile
    Choisi par le Seigneur.

Oh ! que ton regard soit l'étoile
Qui, de la nuit perçant le voile,
Brillante, vienne l'éclairer,
Et que, touché de ma prière,
Tu le ramènes vers ma mère,
    Qui ne fait que pleurer.

C. M.

XIII

L'ALOUETTE ET SES PETITS.

Mère alouette sur son nid,
    A l'heure où tout dort sur la terre,
Dormait fort mal... Un rêve agitait son esprit.
Traitez, si vous voulez, un rêve de chimère,
C'est bien plus qu'il n'en faut pour troubler une mère ;
Tel même en est frappé qui ne s'en vante pas !
Notre alouette en songe (elle tremblait encore)
Avait vu deux géants écrasant sous leurs pas
    Ses petits qui venaient d'éclore.
Avec inquiétude elle attendait le jour.
Mais, ô souci mortel ! l'aurore brille à peine,
Que deux bœufs, forcément condamnés au labour,
    S'en viennent sillonner la plaine.
L'homme qui les guidait, pour bannir le chagrin,
Répétait aux échos sa chanson du matin,
    Chanson de mort pour l'alouette,
Qui frémit à l'aspect de son affreux destin,
    Et que la douleur rend muette.
Elle voudrait pouvoir conjurer le danger
    Dont sa famille est menacée ;
    Suppliante, et d'effroi glacée,
Autour du laboureur elle vient voltiger.
    Mais, hélas ! inutile peine !
Le grossier villageois, armé de l'aiguillon,
Sifflait d'un air distrait, chantait à perdre haleine,

Et dirigeait ses bœufs dans le fatal sillon.
> A l'espoir succéda la rage :
L'alouette, à l'instant, hérisse son plumage,
> Et, s'armant d'intrépidité,
> Vole au devant de l'attelage,
Et repousse les bœufs de son bec irrité.
O prodige inouï ! le soc s'est arrêté ;
Les bœufs de la nature ont compris le langage :
Aucun des deux ne veut avancer davantage.
> Le bouvier, tout déconcerté,
> S'occupe de lever l'obstacle,
> Voit le nid, et crie au miracle.
> C'en est un, en douteriez-vous ?
Mais au cœur d'une mère il n'est rien d'impossible :
Il pourrait d'un lion apaiser le courroux,
> Il rendrait le marbre sensible.

JAUFFRET.

XIV

UN ENFANT A LA LUNE.

Dis-moi d'où tu viens chaque soir ?
Qui te tient ainsi suspendue ?
Oh ! dis-moi donc qui t'a rendue
Si brillante et si belle à voir ?

Des étoiles es-tu la reine ?
Elles paraissent t'obéir ;
Qui leur a dit de te servir ?
Autour de toi qui les enchaîne ?

N'es-tu pas un beau diamant
Dont l'éclat jusqu'à nous rayonne ?
Et n'ornes-tu pas la couronne
Qui luit au front du Tout-Puissant ?

Quand tu passes sous un nuage,
De ne plus te voir j'ai grand'peur ;
Mais, loin de voiler ta splendeur,
Il s'entr'ouvre sur ton passage.

Et lorsque j'ai vu ta clarté
Par l'ombre de la nuit éteinte,
Tu répands ta brillante teinte
Aux plis du nuage argenté.

Ma mère m'a dit : « C'est l'emblème
Du juste entouré des méchants :
Voilé par eux quelques instants,
Il les éclairera lui-même. »

Qui te fixe au milieu des airs ?
Quoi ! c'est de Dieu la main habile
Qui te conduit, toujours docile,
Et commande à tout l'univers !...

Des anges n'es-tu pas le temple ?
Un jour dois-tu les recevoir ?
Ne serais-tu point le miroir
Où le Créateur se contemple ?

S'il fait resplendir à nos yeux
Tant de merveilles sur la terre,
Tant d'éclat et tant de lumière,
Que nous réserve-t-il aux cieux ?

C. M.

———

XV

LE LÉOPARD ET L'ÉCUREUIL.

Un écureuil, sautant, gambadant sur un chêne,
Manqua sa branche, et vint, par un triste hasard,
Tomber sur un vieux léopard
Qui faisait sa méridienne.
Vous jugez s'il eut peur ! En sursaut s'éveillant,
L'animal irrité se dresse ;
Et l'écureuil s'agenouillant
Tremble et se fait petit aux pieds de son altesse.
Après l'avoir considéré,
Le léopard lui dit : « Je te donne la vie,
Mais à condition que de toi je saurai
Pourquoi cette gaîté, ce bonheur que j'envie,
Embellissent tes jours, ne te quittent jamais,
Tandis que moi, roi des forêts,
Je suis si triste et je m'ennuie.
— Sire, lui répond l'écureuil,

Je dois à votre bon accueil

La vérité ; mais, pour la dire ,

Sur cet arbre un peu haut je voudrais être assis.

— Soit, j'y consens , monte. — J'y suis.

A présent je peux vous instruire.

Mon grand secret pour être heureux ,

C'est de vivre dans l'innocence.

L'ignorance du mal fait toute ma science ;

Mon cœur est toujours pur : cela rend bien joyeux.

Vous ne connaissez pas la volupté suprême

De dormir sans remords ; vous mangez les chevreuils ,

Tandis que je partage à tous les écureuils

Mes feuilles et mes fruits ; vous haïssez , et j'aime :

Tout est dans ces deux mots. Soyez bien convaincu

De cette vérité que je tiens de mon père :

Lorsque notre bonheur nous vient de la vertu ,

La gaîté vient bientôt de notre caractère.

FLORIAN.

XVI

LA PAUVRE FEMME.

« Que cet hiver est long ! Je sens un air de glace,

« Et rien pour me couvrir ! Mes bras sont nus; j'ai froid !

« Sous ma porte, au travers des tuiles le vent passe :

« La neige tombe sur le toit.

« Mes enfants sont tremblants, leur faible corps tressaille ;
« Pas une flamme ici ne jette ses rayons.
« Ah ! les pauvres petits ! les voilà sur la paille,
      « Tout blottis sous quelques haillons.

« Oh ! sur un long sofa, dans un salon qui brille,
« Qu'il est heureux le riche au front calme et riant,
« S'asseyant à côté de sa jeune famille,
      « Auprès d'un feu tout pétillant !
« Mais voici qu'un rayon ardent vient de paraître ;
« Dans ce réduit chétif il se glisse éclatant ;
« Chauffons-nous au soleil qui luit à la fenêtre :
      « C'est le foyer de l'indigent.

« Quoi ! vous pleurez encor ? J'entends : la faim commence.
« Des aliments pour eux !... Eh ! qu'on prenne aussitôt
« Mon corps qui les porta, mon sang, mon existence ;
      « Mais non, c'est de l'argent qu'il faut.
« Ces enfants vont mourir, car tout nous abandonne,
« Car on exige un prix pour notre pain grossier,
« Car on nous vend la vie enfin : Dieu nous la donne,
      « Mais les hommes la font payer.

« Peut-être quelque aumône... Oui, sortons... Cette femme
« Au cachemire souple, aux précieux bijoux,
« Pourra me secourir. — La charité, madame !
      « Je prîrai le bon Dieu pour vous.
« Vers mes jeunes enfants que votre front se penche !
« Oh ! pitié !... L'humble sou qu'on donne aux mendiants
« Ornerait encor mieux votre main douce et blanche
      « Que tous vos anneaux de brillants.

5.

« Un refus ! du mépris !... Le pauvre est dans le monde
« Comme un insecte vil qu'un passant foule au pié.
« Que faire ? La rivière est là, belle et profonde ;
  « Elle au moins, elle aura pitié !
« Et pourquoi vivrait-on quand la vie est amère ?
« La Seine, qui s'étend comme un vaste tombeau,
« Recouvre tant de maux, de haillons, de misère,
  « Des plis de son large manteau !

« Allons, point de frayeur ! La mort vient si rapide !
« Et ces enfants privés de leur dernier soutien...
« Et Dieu qui de là-haut maudit le suicide...
  « Mais cependant je souffre bien !
« La faim ronge mon corps ; oh ! quel affreux martyre !
« Mes entrailles déjà se tordent ; c'est l'enfer !
« Il semble qu'une main les tourne et les déchire
  « Avec d'horribles doigts de fer !

« Maudits soient tout ce bruit et ces clameurs joyeuses,
« Ces femmes étalant des plumes, des joyaux,
« Et ce long froissement de leurs robes soyeuses
  « Qui semblent railler mes lambeaux !
« Aucun don ne viendra calmer ma faim mortelle !
« Le pain qui nourrirait la pauvre mère en pleurs
« N'aurait qu'à les priver d'une gaze nouvelle
  « Ou d'une guirlande de fleurs.

« Comme je m'affaiblis ! Des visions étranges...
« Ne pleurez pas, enfants : mourir vous fait donc peur ?
« Voyons, consolez-vous ; courage, petits anges !
  « Nous allons trouver le Seigneur.

« Au lieu d'un grenier triste avec de noirs étages,
« Un grabat, un vieux mur par le vent ébranlé,
« Dieu nous garde là-haut sa maison de nuages,
    « Dont le toit rayonne étoilé. »

Bientôt on n'entend plus les enfants ni la mère.
Parmi la foule passe un cercueil d'indigent ;
Point d'amis : en voit-on suivre un char funéraire
    Sans festons ni franges d'argent?
Sur le chemin, pensive, une femme s'arrête ;
Un passant se détourne et regarde un instant,
Songe aux plaisirs du jour, à la prochaine fête,
    Et puis s'éloigne indifférent.

Mme SÉGALAS.

XVII

L'ENFANT, LE PÈRE ET LE SINGE.

    Dans les accès de sa colère
Un jeune enfant parfois portait la cruauté
    Jusqu'à battre son petit frère.
Le père, révolté de sa méchanceté,
Sur ce vice lui fit plus d'une remontrance ;
    Mais n'ayant pu l'en corriger,
Il voulut que du moins par son expérience

Il en sentit tout le danger ;
Et voici ce que sa prudence
Lui fit imaginer pour remplir son dessein :
Feignant d'être content de son jeune lutin,
Un jour il lui donna, comme pour récompense,
Un jeune singe bien malin,
Mais qui d'être méchant n'avait point l'apparence.
Le marmot le reçut d'abord avec plaisir,
Espérant que ses tours pourraient le réjouir.
Il ne se trompa pas : par ses espiègleries,
Son adresse et ses singeries,
Les premiers jours dom Gille l'amusa.
Mais bientôt la chance tourna :
L'animal enclin à mal faire
Reprit bientôt son caractère ;
Et comme un jour le jeune enfant
Le grattait, lui tirait le poil en badinant,
N'entendant pas la raillerie,
Le singe sur lui se jeta,
Le mordit et l'égratigna
Avec une telle furie,
Que de sa main le sang coula.
Alors notre méchant alla trouver son père,
Et lui dit, pénétré d'une douleur amère :
« Papa, quel animal m'avez-vous donné là ?
Voyez ce qu'il m'a fait ! Ah ! délivrez-m'en vite,
Et donnez-le à qui le voudra.
Pour moi, je le déteste autant qu'il le mérite.
— Ah ! vous n'aimez donc pas qu'on vous fasse du mal ?
Lui répondit son père avec un air sévère.
Cependant vous savez qu'à votre jeune frère
On vous en a souvent vu faire
Comme vous en a fait ce méchant animal ;

Et si vous détestez son mauvais caractère,
    On abhorre le vôtre aussi.
Voulez-vous donc, mon fils, vous faire aimer, et plaire ?
Soyez bon : quand on l'est, on est toujours chéri ;
Mais lorsqu'on est méchant, on est partout haï. »

REYRE.

XVIII

PRIÈRE D'UN ENFANT

POUR SA MÈRE MALADE.

O toi qui me donnas une mère si tendre,
Mon Dieu, pourquoi veux-tu déjà me la reprendre ?
Pourquoi veux-tu déjà briser un si doux lien ?
Je dois tout à ma mère, ô mon Dieu ! ce n'est rien,
Non, rien, de lui devoir ma joyeuse existence ;
    Mais tous ces soins donnés à mon enfance,
    Tout le bonheur dont, enfant, j'ai joui !...
Elle a formé mon cœur, il s'est épanoui
Dans la douce chaleur de cet amour de mère
    Qui veille à tout, qu'un rien éclaire.
    Je lui dois le pieux désir
De connaître ta loi, Seigneur, de l'accomplir,
Et d'arriver un jour à la gloire éternelle.
Je priais chaque soir, chaque matin, près d'elle ;

Je lui devais l'amour que pour toi j'éprouvais ;
Je lui dois tout, Seigneur, et si je ne savais
    Que ton souffle a formé mon âme,
Qu'elle n'est pas le don ni l'œuvre d'une femme,
De ma mère, ô mon Dieu ! je croirais la tenir.
Son sourire indulgent m'animait au plaisir,
Et les jeux de mon âge avaient perdu leur charme
Si son œil attristé retenait une larme.
En cessant de sourire elle me punissait,
Et souvent d'un baiser elle me guérissait.
Comme elle me veilla dans cette maladie
Où je souffrais si fort en ma tête affaiblie
    Qu'à peine je la soulevais !
Je m'imaginais être, alors que je rêvais,
Cette fleur languissante, aspirant la rosée,
Qui renaît doucement, de fraîcheur arrosée,
Et mon regard s'ouvrant se perdait dans le sien,
Et son visage en pleurs, se penchant sur le mien,
Me paraissait si doux ! Oh ! qu'heureux est le rêve
Que dans des yeux de mère un pauvre enfant achève !

    Entends, mon Dieu, le cri de ma douleur :
Ne me prends pas ma mère, elle est tout mon bonheur !
    Oui, oui, tu veux que le mal cède ;
    Tu nous en diras le remède.
D'un regard, ô mon Dieu ! tu vas nous la guérir,
Et bientôt, dans ses bras, je pourrai te bénir.

                C. M.

XIX

LES BERGERS.

Guillot criait :« Au loup ! » un jour, par passe-temps ;
Un tel cri mit l'alarme aux champs.
Tous les bergers du voisinage
Coururent au secours. Guillot se moqua d'eux ;
Ils s'en retournèrent honteux,
Pestant contre son badinage.
Mais rira bien qui rira le dernier.
Deux jours après, un loup, avide de carnage,
Un véritable loup-cervier,
Malgré notre berger et son chien, faisait rage,
Et se ruait sur le troupeau.
« Au loup ! s'écriait-il ! au loup ! » Tout le hameau
Rit à son tour. « A d'autres, je vous prie !
Répondit-on ; l'on ne nous y prend plus. »
Guillot le goguenard fit des cris superflus ;
On crut que c'était fourberie.

Un menteur n'est point écouté
Même en disant la vérité.

RICHER.

XX

LES ENFANTS PERDUS.

«La promenade n'est plus belle,
Réveille-toi, petite sœur;
C'est ton Eugène qui t'appelle.
Réveille-toi, ma douce Adèle;
Voici la nuit, j'ai froid, j'ai peur.

« Viens-t'en. Que dira notre mère?
Nous serons grondés tous les deux.
Es-tu si bien sur cette terre
Qui n'a ni gazon ni fougère?
Rouvre pour moi tes beaux yeux bleus.

« Au foyer la flamme pétille;
Si tu savais! je souffre ici.
Viens-t'en, tu seras bien gentille.
Tu m'as couvert de ta mantille,
Mais je tremble et suis tout transi.

« Sœur, entends-tu donc? je frissonne;
Pourquoi ne me réponds-tu pas?
Tu dors; la neige t'environne.
Si j'étais grand, ma toute bonne,
Je t'emporterais dans mes bras.

« De nos pas on cherche la trace,
Disant : « Voyez les étourdis ! »
Tends-moi la main, que je t'embrasse ;
Réchauffe-moi, le vent me glace ;
Mes pauvres pieds sont engourdis.

« Pendant qu'à la forêt voisine
Nous ramassions un peu de bois.
La neige a blanchi la colline,
Le clocher, la vieille ruine,
Qui nous ont gardés tant de fois !

« Mais pourquoi jouer de la sorte ?
Bon ! je vous laisse avec les loups.
Vous vous moquez de moi, n'importe :
Je comprends, vous faites la morte ;
Méchante ! je m'en vais sans vous.

« Comment trouverai-je ma route ?
Hélas ! tout seul je me perdrais.
L'homme noir nous a vus sans doute ;
Il est là peut-être, il m'écoute ;
Il me prendrait si je pleurais.

« Puisque tu ne veux pas m'entendre,
Je vais me coucher près de toi.
Sans murmurer je vais attendre ;
Le bon Dieu saura nous défendre ;
Mais surtout ne pars pas sans moi. »

Et l'enfant, la tenant pressée,
S'endort du sommeil de sa sœur
Déjà violette et glacée ;
L'instant d'après, sa voix lassée
Ne disait plus : « J'ai froid, j'ai peur. »

LE FLAGUAIS.

XXI

L'ABEILLE ET LE LIMAÇON.

Un limaçon disait l'autre jour à l'abeille :
        « Dès le matin,
        Sur le jasmin,
    Ou bien sur la rose vermeille ,
Tu voltiges gaîment, puis tu viens t'y poser,
Et seule jusqu'au soir tu parais t'amuser.
        Que ton sort est digne d'envie !
        Hélas ! malheureux limaçon ,
        Dans un jardin, dans la prairie ,
        Ou dans mon étroite maison ,
L'hiver, l'été, bref en chaque saison ,
        Partout je bâille et je m'ennuie.
        Apprends-moi donc dès aujourd'hui
Comment tu fais pour éviter l'ennui ;
        Dis-moi ton secret, je te prie.

— Oh ! je vais te le confier ;
A retenir il n'est pas difficile :
Je travaille, et toujours je sais me rendre utile ;
Voilà le vrai secret de ne pas s'ennuyer. »

Mᵐᵉ DE LA FERRANDIÈRE.

—————

XXII

LE CONVOI D'UN ENFANT.

Un jour que j'étais en voyage,
Près de ce clos qu'un mur défend,
Je vis deux hommes du village
Qui portaient un cercueil d'enfant.

Une femme marchait derrière,
Qui pleurait et disait tout bas
Une lente et triste prière,
Celle qu'on dit lors d'un trépas.

Point de parents ! point de famille !
Je ne vis, le long du chemin,
Qu'une pauvre petite fille
Cachant des larmes sous sa main.

Elle suivait la longue allée
Qui conduit au champ du repos,
Et paraissait bien désolée,
Et dévorait bien des sanglots.

Ainsi marchant, quand ils passèrent
Au pied de ce grand peuplier,
Ceux qui travaillaient s'arrêtèrent,
Et je les vis s'agenouiller,

Prier le ciel pour la jeune âme,
Faire le signe de la croix,
Et, quand passa la pauvre femme,
Se détourner tous à la fois.

Cependant, inclinant la tête,
Au cimetière on arriva.
Une fosse ouverte était prête;
Alors un homme dit : « C'est là ! »

Et la fosse n'étant plus vide,
On y poussa la terre... et puis
Je ne vis plus qu'un tertre humide,
Avec une branche de buis.

Et comme la petite fille,
S'en allant, passa près de moi,
Je l'arrêtai par sa mantille :
« Tu pleures, mon enfant? pourquoi?

— Monsieur, c'est que Julien, dit-elle,
Mon petit camarade est mort ! »
Et, voilant sa noire prunelle,
La pauvrette pleura plus fort.

DOVALLE.

XXIII

LE JEUNE RENARD.

Un renardeau bien leste, un petit Annibal,
Digne espoir de son père et déjà son rival,
  Par un beau soir, au clair de lune,
Sur les pas du vieillard alla chercher fortune.
  Notre héros au pied léger
De son maître d'abord suit la marche discrète,
Puis s'écarte, revient, puis tout à coup se jette
A travers une haie, au milieu d'un verger.
Un objet emplumé qui brillait sur l'herbette
L'éblouit; il s'arrête, il triomphe en son cœur :
C'était là sûrement quelque tendre poulette
Qui s'était égarée... un peu tard, par malheur.
« Quoi! mon père, à son âge, aurait fait cette école!
Il a passé par là, si je m'y connais bien.
  Eh! vraiment oui, sur ma parole,
Mon bon père aujourd'hui regarde et ne voit rien.
Oh! bien, moi, j'y vois clair, et, tandis qu'il assiége
Le poulailler peut-être et se croit bien subtil... »
A ces mots, il s'élance; il est pris. « Dieu! dit-il,
Je n'ai vu que l'appât; il avait vu le piége! »

BOISARD.

BIBLIOTHÈQUE IMPÉRIALE

XXIV

LA PRIÈRE D'UN ENFANT.

Le jour disparaissait , et la foule pieuse
Regagnait lentement le chemin du hameau ;
La voûte du saint temple était silencieuse ,
Les cantiques d'amour n'en troublaient plus l'écho.
Un jeune enfant , tout seul prosterné dans l'enceinte ,
Soupirait à voix basse ; et l'ange du Seigneur
Portait en souriant à la majesté sainte
   Les gémissements de son cœur.

« Écoutez , ô Jésus ! écoutez la prière
De ce petit enfant qui pleure et qui gémit !
Il vient auprès de vous , mais il vient sans sa mère...
Sa mère , triste , hélas ! et malade en son lit.
Hier, me regardant avec un doux sourire :
« Mon Paul , m'a-t-elle dit , va demain au saint lieu ;
« Car l'ange des enfants est là qui leur inspire
   « Ce qu'ils doivent dire au bon Dieu. »

« Je ne vois rien encor... tout garde le silence...
Sans doute il n'entend point, l'ange, ma faible voix.
Je prîrai donc tout seul , et j'aurai confiance :
A l'enfant prosterné Dieu sourit quelquefois.
Quand le petit oiseau sur la branche sommeille,
Sa mère près de lui le garde du danger ;
Et dès le point du jour, aussitôt qu'il s'éveille,
   Vite elle lui donne à manger.

« Mais, hélas ! si l'oiseau vient à perdre sa mère,
Il l'appelle du nid, mais il l'appelle en vain.
Il rêve qu'il la voit, la nuit, tout solitaire,
Et bientôt il périt en répétant : J'ai faim !
Je suis ce pauvre oiseau... Mon Dieu ! si jeune encore,
Pourrai-je travailler avec mes petits bras?
Ayez pitié de moi, bon Jésus que j'implore ;
  Jésus, ne m'abandonnez pas ! »

Et des yeux de l'enfant s'échappaient quelques larmes ;
Pendant qu'il suppliait à genoux le Sauveur,
Les anges souriaient à sa voix, à ses charmes,
Et le Dieu de l'enfance exauçait sa ferveur.
Il retourna moins triste à la pauvre chaumière ;
Et celle qu'il aimait dit en le bénissant :
« Gloire au Dieu de bonté ! gloire à la Vierge-Mère !
  Ils ont écouté mon enfant ! »

DUHART-FAUVET.

XXV

LES DEUX MÈRES.

Salomon, dans l'éclat de sa naissante gloire,
Sur les degrés soyeux de son trône d'ivoire,
Était assis, tandis qu'autour de lui pressés,
Des femmes, des vieillards, courbant leurs fronts baissés,
Ou d'un œil de respect admirant sa puissance,
Rendaient grâce au Seigneur dans sa magnificence.

Voilà que dans la foule étonnée, à pas lent,
La rougeur sur la joue et le pied chancelant,
Jusqu'aux genoux du roi s'avancèrent deux femmes.

. . . .

Et la première : « Hélas ! seigneur (et sa voix tremble),
« Dans le même logis nous habitions ensemble,
« Cette femme et moi, faible et misérable aussi ;
« C'est là que j'accouchai de l'enfant que voici. »
Et, pâle, elle donnait des baisers pleins d'alarmes
A l'enfant qui jouait et riait à ses larmes.
Et le peuple écoutait. « Après le second jour,
« Cette femme d'un fils devint mère à son tour ;
« Nous n'étions que nous deux, et nul jusqu'à cette heure
« Avec nous n'occupa notre pauvre demeure.
« Une nuit, par mégarde, au milieu du sommeil,
« Elle étouffa son fils, mort avant son réveil,
« Et voilà qu'à minuit soudain elle se lève ;
« Tandis que reposait ta servante, elle enlève
« Mon fils, et, pour cacher son coupable larcin,
« Elle prend son fils mort et le place en mon sein.
« Je dormais sans soupçon. Quand je fus éveillée,
« Le matin, je regarde, inquiète, effrayée,
« Celui que je trouvai tout froid à mon côté :
« Ce n'était pas le fils que j'avais enfanté. »
Et le peuple souffrait de sa douleur amère,
Car toute âme est sensible aux plaintes d'une mère.
Mais l'autre répondait : « Cela n'est pas ainsi :
« Mon enfant est vivant, et le tien, que voici,
« Est mort. » Mais d'un accent que la terreur inspire :
« Ton fils n'est plus, dit l'autre, et le mien seul respire !
« — Ton fils est mort ; celui qui respire est à moi. »
Ainsi toutes les deux parlaient devant le roi.

Mais le roi d'un front calme et serein : « Cette femme
« Jure qu'on lui ravit l'enfant qu'elle réclame ;
« L'autre répond : Mon fils respire et non le tien ;
« L'enfant mort est à toi, le vivant est le mien...
« Laquelle ment des deux, et laquelle est trompée? »
Et le roi dit alors : « Qu'on m'apporte une épée ! »
On apporte l'épée au roi, qui dit : « Je veux
« Qu'on saisisse l'enfant, qu'on le partage en deux,
« Pour qu'une part au moins à sa mère appartienne;
« Et dans les deux moitiés chacune aura la sienne. »

Soudain, le cœur serré de tendresse et d'effroi,
La mère de l'enfant qui vivait dit au roi :
« Hélas! ô mon seigneur, que ta bonté pardonne
« A ta servante; eh bien! j'y consens, qu'on lui donne
« Mon fils! que mon enfant ne soit pas égorgé! »
Et l'autre répondait : « Il sera partagé! »
Mais le roi se levant, avec un front sévère:
« Qu'on rende à celle-ci l'enfant, voici la mère;
« Car celle-là vraiment dut lui donner le jour,
« Dont l'âme avait pour lui tant de crainte et d'amour. »

Et le peuple admira sa justice profonde ;
Le bruit s'en répandit dans tous les lieux du monde,
Et tous ceux d'Israël qui marchaient dans la foi
Bénirent le Seigneur et craignirent le roi.

Lesguillon.

XXVI

LA CHATAIGNE.

« Que l'étude est chose maussade !
A quoi sert de tant travailler ? »
Disait , et non pas sans bâiller ,
Un enfant que menait son maître en promenade.
Que répondait l'abbé ? Rien. L'enfant sous ses pas
Rencontre cependant une cosse fermée
Et de dards menaçants de toutes parts armée.
　　Pour la prendre il étend le bras.
　　« Mon pauvre enfant, n'y touchez pas !
— Eh ! pourquoi ? — Voyez-vous mainte épine cruelle
Toute prête à punir vos doigts trop imprudents ?
— Un fruit exquis, monsieur , est caché là-dedans.
— Sans se piquer peut-on l'en tirer ? — Bagatelle !
　　Vous voulez rire , je le crois.
　　Pour profiter d'une aussi bonne aubaine ,
　　On peut bien prendre un peu de peine
　　Et se faire piquer les doigts.
— Oui, mon fils ; mais, de plus, que cela vous enseigne
　　A vaincre les petits dégoûts
　　Qu'à présent l'étude a pour vous.
Ses épines aussi cachent une châtaigne. »

ARNAULT

XXVII

LA MORT D'UN ENFANT.

Un enfant expirait dans les bras de sa mère ;
Cet appel de la mort, un ange l'entendit,
Et, pour aller cueillir cette fleur éphémère,
    Du ciel il descendit.

L'immortel habitant des sphères éternelles,
Après avoir plané dans les airs un moment,
Sur le fatal berceau, qu'il couvrit de ses ailes,
    S'arrêta tristement.

Une femme était là, murmurant des prières,
A genoux, l'œil hagard et de pleurs obscurci ;
De l'envoyé divin les célestes paupières
    Se mouillèrent aussi.

Mais il doit accomplir son douloureux message ;
L'inexorable arrêt des destins est porté.
Pourquoi pleurer, d'ailleurs ? Ce n'est là qu'un passage
    A l'immortalité.

Déjà cette jeune âme au ciel est attendue ;
Ils ont l'immensité des airs à parcourir.
« Voilà l'heure, dit l'ange à la mère éperdue,
    Ton enfant va mourir.

« Mourir ! ah ! qu'ai-je dit ? il va renaître et vivre !
Vois ce rayon d'en haut qui sur son front a lui :
Des terrestres douleurs l'Éternel le délivre
    Et le rappelle à lui.

« Avec les séraphins, dans les saintes phalanges,
Du trône du Seigneur il sera le soutien ;
Il manquait un enfant parmi ces jeunes anges,
    Il a choisi le tien.

« Pour lui du paradis ne crains pas le voyage ;
Nous allons y voler au souffle du zéphyr,
Et je le bercerai dans l'air sur un nuage
    S'il ne peut s'endormir.

« De la nuit à ses yeux j'écarterai le voile,
Et je le conduirai par l'orient vermeil ;
Nous nous arrêterons demain sur une étoile
    Et ce soir au soleil.

« Puis, franchissant d'un vol les espaces du vide,
Et laissant sous nos pieds mille mondes divers,
Nous entrerons enfin au séjour où réside
    Le roi des univers.

« Bientôt nous t'attendrons dans ce divin asile,
Et pour l'éternité tu l'y retrouveras !... »
L'ange alors s'inclina sur l'enfant immobile
    Et le prit dans ses bras.

Le nouveau chérubin entr'ouvrit la paupière ;
Mais la terre déjà s'enfuyait à ses yeux,
Et son guide avec lui sous des flots de lumière
    Disparut dans les cieux.

A ce terrible instant, dans ta douleur profonde,
Toi, pauvre mère, toi, le vis-tu s'envoler ?
L'éclat qui l'entourait à son départ du monde
  Te dut-il consoler ?

Hélas! il te laissait parmi nous solitaire !
Que t'importait pour lui ce destin triomphant,
Et qu'il fût dans le ciel un ange ? Sur la terre
  Il était ton enfant !

FONTANEY.

XXVIII

LE GRILLON ET LE VER-LUISANT.

Par une belle nuit, un grillon sautillant
  Et chantant
S'en allait tout le long d'une plaine fleurie ;
  Il y rencontre un ver-luisant,
    Bien brillant,
Dont la vive lueur éclairait la prairie.
  « Bonsoir, bel astre radieux,
  Bonsoir, noble étoile vivante,
Dit le grillon ; que je te trouve heureux !
  De ta lumière étincelante
  On aperçoit au loin les feux.

6.

Et dans ce pré, sur chaque plante,
Quelque insecte vers toi tourne un œil envieux.
— Il est vrai, dit le ver, mon sort est glorieux ;
La nature avec complaisance
A répandu sur moi des dons bien précieux ;
Et sans doute la différence,
Mon cher, est grande entre nous deux.
Te voilà tout brun et tout sombre,
Te traînant à tâtons dans l'ombre,
Obscur, sans être vu, sans voir ;
Tandis que les rayons de ma vive lumière
Guident non seulement mes pas quand il fait noir,
Mais sont pour mainte fourmilière
Comme un second soleil qui se lève le soir. »
C'était là, pour un ver, un bien pompeux langage ;
Mais il n'en dit pas davantage.
Guidé par sa vaine lueur,
Sur notre ver-luisant un oiseau de ténèbres
Fond, l'enlève, l'avale, et, sans nulle pudeur,
L'envoie aux rivages funèbres.
Cependant le grillon, tout tremblant de frayeur,
S'était blotti sous des brins d'herbe :
« Oh ! oh ! dit-il tout bas, ne soyons pas superbe,
De notre obscurité sachons nous consoler. »

La nature a voulu compenser toute chose,
De biens, de maux, chacun ici-bas a sa dose ;
Il peut coûter cher de briller.

L. DE JUSSIEU.

XXIX

NOUS SOMMES SEPT.

Dans la fraîcheur de l'innocence,
A cet âge où, bravant le sort,
La vie a toute sa puissance,
Un enfant comprend-il la mort ?

Je vis une petite fille
Au village, un jour de printemps ;
Bonne, vive, fraîche et gentille,
. Elle avait peut-être huit ans.

' Sa grâce simple et naturelle
Sous son antique vêtement,
L'éclat de sa noire prunelle,
Formaient un ensemble charmant.

« Frères et sœurs, dis-moi, ma belle,
Combien êtes-vous en ces lieux ?
—Nous sommes sept, répondit-elle
En levant sur moi ses grands yeux.

— Demeurez-vous tous en famille ? »
Elle compta ses doigts en l'air :
« Deux de nous habitent la ville,
Deux autres sont partis sur mer.

Jeanne et Jean dans le cimetière
Depuis longtemps dorment tous deux ;
Avec ma mère, à la chaumière
Là-bas, je demeure près d'eux.

— Deux de vous habitent la ville,
Deux autres sont en mer, fort bien...
Mais penses-tu, petite fille,
Qu'à ton compte il ne manque rien ? »

Elle parut un peu surprise.
« Nous sommes sept, dit-elle après ;
Deux de nous (m'avez-vous comprise ?)
Sont couchés sous le vieux cyprès.

— Cherche à m'expliquer ce mystère.
Toi, tu cours, tu vis sûrement ;
Mais deux de vous sont dans la terre :
Vous êtes donc cinq seulement.

— Leurs petites tombes sont vertes,
C'est un vrai plaisir de les voir ;
Et de nos fenêtres ouvertes
Vous pouvez les apercevoir.

Souvent je porte mon ouvrage
Auprès de leurs saules déserts ;
Là, je travaille sous l'ombrage,
Et je leur chante de beaux airs.

Avant de dormir dans ma couche,
J'y vais souvent aussi m'asseoir,
Pour voir le soleil qui se couche,
Et manger mon repas du soir.

Jeanne nous quitta la première.
Après bien des cris superflus,
Dieu l'entendit ; dans sa chaumière
Un jour elle ne pleura plus.

On lui fit un lit funéraire,
Et sur son gazon frais et beau
J'allais souvent avec mon frère
Jouer autour de son tombeau.

Quand la neige couvrit la terre,
Nous devions courir et glisser ;
Mais sous le cyprès solitaire
Près de Jeanne on vint le placer.

— Mais ils sont à présent des anges,
Ils sont morts, ils sont avec Dieu ;
Dans le ciel chantant ses louanges,
A ce monde ils ont dit adieu. »

Mots perdus ! La petite fille,
Fidèle à son raisonnement,
Me répondait d'un air tranquille :
« Nous sommes sept, oui, sept vraiment. »

A. FONTANEY.

XXX

MORT D'UNE MARMOTTE *(extrait)*.

Les deux deux chevaux volaient. Au détour de la rue,
Sur le pied d'un enfant la voiture passa.
La foule, en le voyant, s'était bientôt accrue ;
On poussait de grands cris... La dame s'avança ;
Au blessé malheureux elle jeta sa bourse,
Dit son adresse, et puis comme un éclair partit.
L'argent ne fait pas tout, et le pauvre petit,
Hélas ! avait perdu son unique ressource ;
Car sa pauvre marmotte était sur le pavé,
Par la roue écrasée, et l'enfant tout navré,
La serrant sur son cœur avec pleurs et caresse,
Oubliait sa blessure, et l'appelait sans cesse
De ces noms d'amitié qui s'échappent du cœur :
« Margot, chère Margot, es-tu donc endormie ?
« Toi qui dansais si bien, réveille-toi, ma mie !
« Ma compagne, c'est toi, de joie et de douleur ;
« Pour toi je n'ai jamais été méchant ni traître.
« Je t'en prie, oh ! Margot ! » Mais Margot ses amours
N'entendait plus la voix plaintive de son maître ;
Et quand on l'emmena l'enfant pleurait toujours.
Le soir, la grande dame était dans une fête.

. . . .

Mme JANVIER.

XXXI

L'ÉLÉPHANT, L'HIRONDELLE ET LA PIE.

Messire l'éléphant, sans suite et sans fracas,
    Par un beau temps visitait ses états.
Comme il allait à pied, il veut reprendre haleine
    Et s'arrête à l'ombre d'un chêne.
Sur la cime de l'arbre une pie habitait,
Et plus bas, dans un creux, logeait une hirondelle.
La dame de là-haut, babillarde éternelle,
    Du matin au soir caquetait
    Comme une Margot qu'elle était.
A peine a-t-elle vu l'altesse éléphantine :
    « Ah ! bon Dieu ! qu'aperçois-je là ?
    Va-t-elle dire à sa voisine ;
    Le vilain monstre que voilà !
Par ma foi, le chameau, malgré sa double bosse,
    Est moins hideux qu'un tel colosse.
    Je ne dis rien de ses pieds mal tournés,
De sa queue en fuseau, de sa pesante allure ;
    Mais regarde un peu sa figure :
    Quels petits yeux et quel long nez !
    Qui ne rirait du nez d'un pareil sire ? »
    L'hirondelle lui répondit :
« Il a de petits yeux, mais ils sont pleins d'esprit.
    Quant à l'objet dont tu veux rire,
    C'est une trompe que Dieu fit,

Ou plutôt une main. Vois avec quelle adresse
    Il la fait mouvoir en tous sens,
. L'allonge ou la resserre, ou la courbe ou la dresse !
    Je passe à ses autres talents...
—Oui-dà ! reprend Margot, tu dirais des merveilles ;
Louer est ton plaisir, et ce n'est pas le mien.
Tout éloge d'autrui me blesse les oreilles ;
    Bonsoir. » Là finit l'entretien.
    Dame Jaquette aussitôt déménage,
Et, pour médire à l'aise aux dépens du prochain,
    Elle va rejoindre soudain
    Ses commères du voisinage.

Le Bailly.

XXXII

LA PREMIÈRE FEUILLE.

La première feuille est venue ;
O ma mère, la terre nue
De fleurs va bientôt se couvrir.
Entre le narcisse qui penche,
La primevère et la pervenche,
Les petits ruisseaux vont courir.

C'est le printemps qui vient d'éclore.
La ruche va s'emplir encore ;

Les blés couvriront les sillons ;
Au souffle d'une douce haleine,
Toutes les roses de la plaine
Balanceront des papillons.

Nous boirons au bord de la route
A la source qui, goutte à goutte,
Filtre son eau dans le hallier,
Et semble, quand le jour l'éclaire,
L'une après l'autre, avec mystère,
Glisser les perles d'un collier.

Après un rêve plein de joie,
Lorsque sous mon rideau de soie
Des chants d'oiseaux arriveront,
Je croirai, colombe privée,
M'éveiller parmi la couvée,
De blanches ailes sur mon front.

Frais gazons, brises parfumées,
Bruit d'abeilles dans la ramée,
Oiseaux que l'hiver exila,
Fruits à l'arbre, fleurs dans la mousse,
La première feuille qui pousse
Amène à la fois tout cela.

Ma mère, courbez cette branche
Où je crois voir, en grappe blanche,
Le joli printemps se poser.
Baissez, baissez la feuille verte,
La feuille que j'ai découverte ;
Je veux lui donner un baiser.

La mère sourit, le caresse :
« Ah ! dit-elle, cette allégresse
Que ton cœur verse dans le mien,
Je la sentis, heureuse femme,
Quand je découvris dans ton âme
Un premier élan vers le bien.

Un seul mot de l'enfant que j'aime
M'a révélé le don suprême
Que l'avenir garde pour moi ;
Ce mot d'espoir, je le recueille :
Mon fils, c'est la première feuille
D'un printemps que j'attends de toi. »

VIOLEAU.

XXXIII

LE CHIEN COUPABLE.

« Mon frère, sais-tu la nouvelle ?
Mouflar, le bon Mouflar, de nos chiens le modèle,
Si redouté des loups, si soumis au berger,
    Mouflar vient, dit-on, de manger
Le petit agneau noir, puis la brebis sa mère,
Et puis sur le berger s'est jeté furieux.
    — Serait-il vrai ? — Très-vrai, mon frère.

—A qui donc se fier, grands dieux ! »
C'est ainsi que parlaient deux moutons dans la plaine .
    Et la nouvelle était certaine.
    Mouflar, sur le fait même pris,
    N'attendait plus que le supplice ;
Et le fermier voulait qu'une prompte justice
    Effrayât les chiens du pays.
    La procédure en un jour est finie,
    Mille témoins déposent l'attentat ;
Récolés, confrontés, aucun d'eux ne varie :
Mouflar est convaincu du triple assassinat ;
Mouflar recevra donc deux balles dans la tête
    Sur le lieu même du délit.
    A son supplice qui s'apprête
    Toute la ferme se rendit.
Les agneaux de Mouflar demandèrent la grâce ;
Elle fut refusée. On leur fit prendre place ;
    Les chiens se rangèrent près d'eux,
Tristes, humiliés, mornes, l'oreille basse,
Plaignant, sans l'excuser, leur frère malheureux.
Tout le monde attendait dans un profond silence.
Mouflar paraît bientôt, conduit par deux pasteurs ;
    Il harangue ainsi l'assistance :
« O vous qu'en ce moment je n'ose et je ne puis
Nommer, comme autrefois, mes frères, mes amis,
    Témoins de mon heure dernière,
Voyez où peut conduire un coupable désir !
De la vertu quinze ans j'ai suivi la carrière,
    Un faux pas m'en a fait sortir.
Apprenez mes forfaits. Au lever de l'aurore,
Seul, auprès du grand bois, je gardais le troupeau ;
    Un loup vient, emporte un agneau,
    Et tout en fuyant le dévore.

Je cours, j'atteins le loup, qui, laissant son festin,
    Vient m'attaquer ; je le terrasse,
    Et je l'étrangle sur la place.
C'était bien jusque là ; mais, pressé par la faim,
De l'agneau dévoré je regarde le reste,
J'hésite, je balance... A la fin, cependant,
    J'y porte une coupable dent ;
Voilà de mes malheurs l'origine funeste.
    La brebis vient dans cet instant,
    Elle jette des cris de mère...
La tête m'a tourné, j'ai craint que la brebis
Ne m'accusât d'avoir assassiné son fils,
    Et, pour la forcer à se taire,
    Je l'égorge dans ma colère.
Le berger accourait, armé de son bâton :
    N'espérant plus aucun pardon,
Je me jette sur lui ; mais bientôt on m'enchaîne,
    Et me voici prêt à subir
    De mes crimes la juste peine.
Apprenez tous du moins, en me voyant mourir,
    Que la plus légère injustice
Aux forfaits les plus grands peut conduire d'abord,
    Et que, dans le chemin du vice,
    On est au fond du précipice
    Dès qu'on met un pied sur le bord. »

                Florian.

XXXIV

PRIEZ, ENFANTS !

Chers enfants, dans mon voisinage,
Il habite un petit garçon,
Bon de cœur, charmant de visage,
Dont Édouard est le doux nom.
Les mains dans celles de sa mère,
Quand il offre à Dieu sa prière,
Tous les soirs et tous les matins,
D'une ardente ferveur remplie,
Jamais sa douce voix n'oublie
De prier pour les orphelins.

Sans doute Dieu le récompense
De ces sentiments généreux,
Car dans Paris, la ville immense,
Il n'est point d'enfant plus heureux.
Joignant la vigueur à la grâce,
A l'étude, aux jeux il surpasse
Les plus travailleurs, les plus forts;
Et cela ne surprend personne,
Car, enfants, la prière donne
La joie au cœur, la force au corps.

Otez donc tous les jours une heure
A vos travaux, à vos ébats,
Et priez pour tout ce qui pleure,

Pour tout ce qui souffre ici-bas.
Cette bonne et sainte habitude
Vous fera trouver dans l'étude
Le même charme qu'à vos jeux,
Et chaque heure de votre vie,
Petits anges, sera bénie
Du Père qui réside aux cieux.

ÉLISE MOREAU.

XXXV

LA PERDRIX, SES PETITS ET LE CHIEN DE CHASSE.

Sous ses ailes une perdrix
Tenait avec soin ses petits,
Lorsqu'elle vit de loin venir un chien de chasse
Qui dirigeait ses pas du côté de son nid.
Dès le moment qu'elle le vit,
Pour sauver sa petite race :
« Mes enfants, leur dit-elle, au moins ne bougez pas,
Et que la peur ailleurs n'entraîne point vos pas.
L'ennemi vient, et la peur vous menace ;
Mais si vous savez m'obéir,
Je saurai vous en garantir. »
Tandis qu'elle parlait, Brifaut vers eux s'avance,
Et quand elle le voit à certaine distance,
Cherchant à l'induire en erreur,

Elle pousse d'abord plusieurs cris de douleur ;
Puis, volant terre à terre avec l'aile baissée,
    Et ne cessant pas de gémir,
    Elle contrefait la blessée.
A cet aspect, le chien croit déjà la tenir,
Et vers elle aussitôt il se met à courir.
    Notre commère, adroite et fine,
    Par son vol ralenti l'affine,
L'allèche par l'espoir de pouvoir la saisir,
Et l'éloigne du nid qu'il eût pu découvrir.
Mais sitôt qu'elle vit que sa chère couvée
    De tout danger était sauvée,
    Se moquant de son ennemi,
    Elle prit son vol ordinaire,
    Et le laissa bien en arrière,
    Tout confus et tout ébahi.
    Après une telle disgrâce,
    Brifaut s'enfuit l'oreille basse ;
    Mais au contraire la perdrix,
    Contente comme on peut le croire,
Et par ses cris de joie annonçant sa victoire,
    Revient auprès de ses petits,
Qui, suivant ses conseils, étaient restés tapis.

Dans ce récit touchant autant qu'il est fidèle,
    Pour les mères quel beau modèle !
    Pour les enfants quelle leçon !
Sans attendrissement l'on ne saurait le lire ;
    Et l'on est tenté de se dire :
    L'instinct vaut mieux que la raison.

REYRE.

XXXVI

LES PETITS ORPHELINS.

L'hiver glace les champs, les beaux jours sont passés .
    Malheur au pauvre sans demeure !
    Loin des secours il faut qu'il meure :
Comme les champs alors tous les cœurs sont glacés.

De l'an renouvelé c'était la nuit première ;
Les mortels revenant de la fête du jour
        Hâtaient leur joie et leur retour ;
Même un peu de bonheur visitait la chaumière.

        Au seuil d'une chapelle assis ,
Deux enfants presque nus et pâles de souffrance
Appelaient des passants la sourde indifférence ,
        Soupirant de tristes récits.

Une lampe à leurs pieds éclairait leurs alarmes
        Et semblait supplier pour eux.
Le plus jeune, tremblant, chantait baigné de larmes ;
L'autre tendait sa main au refus des heureux.

« Nous voici deux enfants, nous n'avons plus de mère :
Elle mourut hier en nous donnant son pain ;
        Elle dort où dort notre père.
Venez ; nous avons froid, nous expirons de faim.

« L'étranger nous a dit : « Allez, j'ai ma famille ;
    « Est-ce vous que je dois nourrir ? »
    Nous avons vu pleurer sa fille,
    Et pourtant nous allons mourir ! »

    Et sa voix touchante et plaintive
    Frappait les airs de cris perdus ;
La foule, sans les voir, s'échappait fugitive,
    Et bientôt on ne passa plus.

    Ils frappaient à la porte sainte,
Car leur mère avait dit que Dieu n'oubliait pas ;
Rien ne leur répondait que l'écho de l'enceinte,
    Rien ne venait que le trépas.

    La lampe n'était pas éteinte ;
L'heure, d'un triste accent, vint soupirer minuit.
Au loin d'un char de fête on entendit le bruit,
    Mais on n'entendit plus de plainte.

    Vers l'église portant ses pas,
Un prêtre au jour naissant, allant à la prière,
Les voit blanchis de neige et couchés sur la pierre,
Les appelle en pleurant... Ils ne se lèvent pas.

Leur pauvre enfance, hélas ! se tenait embrassée,
Pour conserver sans doute un reste de chaleur ;
Et le couple immobile, effrayant de pâleur,
    Tendait encor sa main glacée.

Le plus grand, de son corps couvrant l'autre à moitié,
Avait porté sa main aux lèvres de son frère,
Comme pour arrêter l'inutile prière,
Comme pour l'avertir qu'il n'est plus de pitié.

7.

Ils dorment pour toujours, et la lampe encor veille !
On les plaint : on sait mieux plaindre que secourir.
Vers eux de toute part les pleurs viennent s'offrir ;
    Mais on ne venait pas la veille.

BELMONTET.

XXXVII

LE LION ET LE RAT.

Il faut autant qu'on peut obliger tout le monde :
On a souvent besoin d'un plus petit que soi.
De cette vérité deux fables feront foi,
    Tant la chose en preuves abonde.

    Entre les pattes d'un lion
Un rat sortit de terre assez à l'étourdie ;
Le roi des animaux, en cette occasion,
Montra ce qu'il était et lui donna la vie.
    Ce bienfait ne fut pas perdu.
    Quelqu'un aurait-il jamais cru
    Qu'un lion d'un rat eût affaire ?
Cependant il advint qu'au sortir des forêts
    Ce lion fut pris dans des rets
Dont ses rugissements ne le purent défaire ;
Sire rat accourut, et fit tant par ses dents
Qu'une maille rongée emporta tout l'ouvrage.

Patience et longueur de temps
Font plus que force ni que rage.

LA FONTAINE.

XXXVIII

Lorsque j'étais enfant, un oiseau du bocage
Devint pour quelques jours habitant de ma cage.
Je ne pensais qu'à lui, même dans mon sommeil;
Mais le mil aux grains d'or, le fruit pur et vermeil,
Le breuvage choisi, les fleurs, la mousse verte,
Le rayon du soleil sur la fenêtre ouverte,
Mon babil ingénu, les chansons de mes sœurs,
Entouraient vainement sa prison de douceurs.
Il s'effrayait des soins de ma main attentive,
Il frappait les barreaux de son aile captive,
Il ne dormait qu'à peine, il ne goûtait de rien;
Le chant le plus joyeux n'éveillait pas le sien.
Je l'appelais ingrat dans un jour de colère.
Écoutez bien, ami, ce que me dit ma mère :
« L'oiseau n'est pas ingrat, mais il est en prison;
Son regard a besoin d'un plus vaste horizon.
Ici l'espace manque à son aile rapide :
Il sait un bois tranquille, une source limpide,
Un lieu secret plus doux que vos soins les meilleurs;
Il ne chantera point, son nid l'attend ailleurs. »

Ainsi parla ma mère ; et, plus triste et plus grave,
Je regardai le ciel et j'affranchis l'esclave.
Et voilà qu'aujourd'hui ce simple souvenir
Me révèle ce monde et le monde à venir.
Cet oiseau prisonnier, c'est l'âme prisonnière ;
Elle aussi sait un lieu de paix et de lumière,
Et, tout entière à lui, rêve la liberté
Dans un corps de souffrance et de captivité.
Cette triste langueur, cette fièvre incessante,
C'est le mal de l'exil, c'est la patrie absente !
Pauvre âme ! son espoir, son bonheur, son besoin,
C'est le céleste nid qui l'appelle de loin.

H. Violeau.

XXXIX

LA FAUVETTE.

Aux branches d'un tilleul une jeune fauvette
Avait de ses petits suspendu le berceau.
D'écoliers turbulents une troupe inquiète,
      Cherchant quelque plaisir nouveau,
Aperçut en passant le nid de la pauvrette.
Le voir, être tenté, l'assaillir à l'instant,
      Chez ce peuple enclin à mal faire,
      Ce fut l'ouvrage d'un moment ;
    Tous sans pitié lui déclarent la guerre.

Le pauvre nid vingt fois pensa faire le saut ;
    Il n'était si petit marmot
Qui ne fît de son mieux pour y lancer sa pierre.
L'alarme cependant était grande au logis ;
La fauvette voyait l'instant où ses petits
    Allaient périr ou subir l'esclavage,
Un esclavage, hélas ! pire que le trépas.
    Les gens qu'elle voyait là-bas
Étaient assurément quelque peuple sauvage
    Qui ne les épargnerait pas.
    Que faire en ce péril extrême ?
Mais que ne fait-on pas pour sauver ce qu'on aime ?
    Elle vole au devant des coups ;
    Pour sa famille elle se sacrifie,
Espérant que ces gens, dans leur affreux courroux,
    Se contenteront de sa vie.
    Aux yeux du peuple scélérat,
    Elle va, vient, vole et revole,
S'élève tout à coup et tout à coup s'abat,
    Fait tant qu'enfin cette race frivole
    Court après elle et laisse là le nid.
Elle amusa longtemps cette maudite engeance,
    Les mena loin, fatigua leur constance,
    Et pas un d'eux ne l'atteignit.
L'amour sauva le nid, le ciel sauva la mère.
    A ses petits elle en devint plus chère ;
    Dieu sait la joie et tout ce qu'on lui dit,
    A son retour, de touchant et de tendre !
Comme ils avaient passé tout ce temps sans rien prendre,
Elle apaisa leur faim, puis chacun s'endormit.

ALBERT.

XL

LE SOMMEIL D'UNE MÈRE.

« Oh ! silence, ma sœur ! sa paupière fermée
A voilé son regard et si triste et doux ;
Peut-être un rêve heureux à son âme charmée
    Va-t-il tout bas parler de nous.

« Silence !... pas un mot !... mais la nuit est si sombre !
La mer a tant de voix faites pour effrayer !
A la porte le vent frappe des coups sans nombre,
La flamme jette à peine un éclair au foyer,
Et l'on dit que les morts s'entretiennent dans l'ombre !...

« Oh ! j'ai peur de me taire... Eh bien ! parlons tout bas.
Ne tremblons pas ainsi, mets ta main dans la mienne ;
Prends le rameau bénit, prends, et qu'il nous soutienne :
Peureuse ! en le voyant les morts ne viendront pas !

« Allons nous appuyer au lit de notre mère ;
Hier elle disait : « Chers petits malheureux !
« Je souffre, et le pain manque... Oh ! la vie est amère !
« Je ne puis travailler... votre sort est affreux !... »
Elle nous embrassait, et nous pleurions tous deux.

    « Autrefois, rose et si jolie,
Quand le jour du Seigneur arrêtait son fuseau,
Elle venait aussi danser au bord de l'eau ;
    Et maintenant, triste et pâlie,
Elle ne sourit plus au soleil le plus beau !

« Vois, même son sommeil est triste de pensée !
Son front semble chagrin entre ses doigts raidis.
Ma sœur, baisons tous deux sa paupière baissée ;
Peut-être qu'un baiser donne le paradis !

« Monte sur le vieux banc... penche-toi, ma petite...
Doucement !... Prends bien garde à son bras amaigri !
Bien ! descends... A mon tour ! moi je ferai plus vite ;
Tiens, regarde... O bonheur ! je crois qu'elle a souri !

« Oh ! oui, notre baiser va lui faire un beau songe,
Tout rempli de soleil, de joie et de santé,
Et pour qu'à son réveil le charme se prolonge,
Petit ange, à genoux, prions à son côté.

« Bonne Vierge ! un long mal consume notre mère,
Nous sommes son bonheur, elle est notre soutien ;
Du haut de ton beau ciel entends notre prière :
Tu dois aimer un peu ceux qui t'aiment si bien ! »

Le jour revint joyeux ; avril, dans la vallée,
Nous jetait en fuyant ses trésors les plus doux ;
Et près du saint autel, par l'amour appelée,
La mère s'en allait prier à deux genoux,
  Forte, croyante et consolée.

H. VIOLEAU.

XLI

L'ANE ET LE CHIEN.

Il se faut entr'aider, c'est la loi de nature.

  L'âne un jour pourtant s'en moqua,
  Et ne sais comme il y manqua,
  Car il est bonne créature.
Il allait par pays, accompagné du chien,
  Gravement, sans songer à rien,
  Tous deux suivis d'un commun maître.
Ce maître s'endormit. L'âne se mit à paître ;
  Il était alors dans un pré
  Dont l'herbe était fort à son gré.
Point de chardons pourtant ; il s'en passa pour l'heure :
Il ne faut pas toujours être si délicat ;
  Et, faute de servir ce plat,
  Rarement un festin demeure.
  Notre baudet s'en sut enfin
Passer pour cette fois. Le chien, mourant de faim,
Lui dit : « Cher compagnon, baisse-toi, je te prie ;
Je prendrai mon dîner dans le panier au pain. »
Point de réponse, mot : le roussin d'Arcadie
  Craignit qu'en perdant un moment
  Il ne perdît un coup de dent.
  Il fit longtemps la sourde oreille ;
Enfin il répondit : « Ami, je te conseille
D'attendre que ton maître ait fini son sommeil ;

Car il te donnera sans faute, à son réveil,
 Ta portion accoutumée :
 Il ne saurait tarder beaucoup. »
 Sur ces entrefaites, un loup
Sort du bois et s'en vient : autre bête affamée.
L'âne appelle aussitôt le chien à son secours.
Le chien ne bouge et dit : « Ami, je te conseille
De fuir en attendant que ton maître s'éveille :
Il ne saurait tarder ; détale vite et cours.
Que si le loup t'atteint, casse-lui la mâchoire ;
On t'a ferré de neuf, et, si tu me veux croire,
Tu l'étendras tout plat. » Pendant ce beau discours,
Seigneur loup étrangla le baudet sans remède.

 Je conclus qu'il faut qu'on s'entr'aide.

La Fontaine.

XLII

PRIÈRE.

Ô toi dont l'oreille s'incline
Au nid du pauvre passereau,
Au brin d'herbe de la colline
Qui soupire après un peu d'eau !

Providence qui les console,
Toi qui sais de quelle humble main
S'échappe la secrète obole
Dont le pauvre achète son pain !

Toi qui tiens dans ta main diverse
L'abondance et la nudité,
Afin que de leur doux commerce
Naissent justice et charité !

Charge-toi seule, ô Providence,
De connaître nos bienfaiteurs,
Et de puiser leur récompense
Dans les trésors de tes faveurs !

Notre cœur, qui pour eux t'implore,
A l'ignorance est condamné ;
Car toujours leur main gauche ignore
Ce que leur main droite a donné.

Mais que le bienfait qui se cache
Sous l'humble manteau de la foi
A leurs mains pieuses s'attache
Et les trahisse devant toi !

Qu'un vœu qui dans leur cœur commence,
Que leurs soupirs les plus voilés
Soient exaucés dans ta clémence
Avant de t'être révélés !

Que leurs mères dans leur vieillesse
Ne meurent qu'après des jours pleins,
Et que les fils dans leur jeunesse
Ne restent jamais orphelins !

Mais que leur race se succède
Comme les chênes de Membré,
Dont aux ans le vieux tronc ne cède
Que quand le jeune a prospéré !

Où comme ces eaux toujours pleines,
Dans les sources de Siloé,
Où nul flot ne sort des fontaines
Qu'après que d'autres ont coulé !

De Lamartine.

XLIII

LE LOUP DEVENU BERGER.

Un loup qui commençait d'avoir petite part
    Aux brebis de son voisinage
Crut qu'il fallait s'aider de la peau du renard
    Et faire un nouveau personnage.
Il s'habille en berger, endosse un hoqueton,
    Fait sa houlette d'un bâton,
    Sans oublier la cornemuse.
    Pour pousser jusqu'au bout la ruse,
Il aurait volontiers écrit sur son chapeau :
« C'est moi qui suis Guillot, berger de ce troupeau. »
    Sa personne étant ainsi faite,
Et ses pieds de devant posés sur sa houlette,
Guillot le sycophante approche doucement.
Guillot, le vrai Guillot, étendu sur l'herbette,
    Dormait alors profondément ;
Son chien dormait aussi, comme aussi sa musette ;

La plupart des brebis dormaient pareillement.
    L'hypocrite les laissa faire ;
Et, pour pouvoir mener vers son fort les brebis,
Il voulut ajouter la parole aux habits,
        Chose qu'il croyait nécessaire.
        Mais cela gâta son affaire :
Il ne put du pasteur contrefaire la voix ;
Le ton dont il parla fit retentir les bois,
        Et découvrit tout le mystère.
        Chacun se réveille à ce son,
        Les brebis, le chien, le garçon.
        Le pauvre loup, dans cet esclandre,
        Empêché par son hoqueton,
        Ne put ni fuir ni se défendre.

                                LA FONTAINE.

─────────

XLIV

L'ENFANT A SON RÉVEIL.

O Père qu'adore mon père,
Toi qu'on ne nomme qu'à genoux,
Toi dont le nom terrible et doux
Fait courber le front de ma mère !

Tu dis que ce brillant soleil
N'est qu'un jouet de ta puissance,
Que sous tes pieds il se balance,
Comme une lampe de vermeil.

On dit que c'est toi qui fais naître
Les petits oiseaux dans les champs,
Et qui donne aux petits enfants
Une âme aussi pour te connaître.

On dit que c'est toi qui produis
Les fleurs dont le jardin se pare,
Et que sans toi, toujours avare,
Le verger n'aurait point de fruits.

Aux dons que ta bonté mesure
Tout l'univers est convié ;
Nul insecte n'est oublié
A ce festin de la nature.

L'agneau broute le serpolet ;
La chèvre s'attache au cytise ;
La mouche, au bord du vase, puise
Les blanches gouttes de mon lait.

L'alouette a la graine amère
Que laisse envoler le glaneur ;
Le passereau suit le vanneur,
Et l'enfant s'attache à sa mère.

Et pour obtenir chaque don
Que chaque jour tu fais éclore,
A midi, le soir, à l'aurore,
Que faut-il ? prononcer ton nom.

O Dieu ! ma bouche balbutie
Ce nom des anges redouté ;
Un enfant même est écouté
Dans le chœur qui te glorifie !

On dit qu'il aime à recevoir
Les vœux présentés par l'enfance,
A cause de cette innocence,
Que nous avons sans le savoir.

On dit que leurs humbles louanges
A son oreille montent mieux;
Que les anges peuplent les cieux,
Et que nous ressemblons aux anges !

Ah ! puisqu'il entend de si loin
Les vœux que notre bouche adresse,
Je veux lui demander sans cesse
Ce dont les autres ont besoin.

Mon Dieu, donne l'onde aux fontaines,
Donne la plume aux passereaux,
Et la laine aux petits agneaux,
Et l'ombre et la rosée aux plaines.

Donne aux malades la santé,
Au mendiant le pain qu'il pleure,
A l'orphelin une demeure,
Au prisonnier la liberté.

Donne une famille nombreuse
Au père qui craint le Seigneur;
Donne à moi sagesse et bonheur
Pour que ma mère soit heureuse !

Que je sois bon, quoique petit,
Comme cet enfant dans le temple
Que chaque matin je contemple
Souriant au pied de mon lit !

Mets dans mon âme la justice,
Sur mes lèvres la vérité ;
Qu'avec crainte et docilité
Ta parole en mon cœur mûrisse !

Et que ma voix s'élève à toi
Comme cette douce fumée
Que balance l'urne embaumée
Dans la main d'enfants comme moi !

DE LAMARTINE.

XLV

LE LAPIN ET LA SARCELLE.

Unis dès leurs jeunes ans
D'une amitié fraternelle,
Un lapin, une sarcelle,
Vivaient heureux et contents.
Le terrier du lapin était sur la lisière
D'un parc bordé d'une rivière.
Soir et matin nos bons amis,
Profitant de ce voisinage,
Tantôt au bord de l'eau, tantôt sous le feuillage,
L'un chez l'autre étaient réunis.
Là, prenant leurs repas, se contant des nouvelles,
Ils n'en trouvaient point de si belles

Que de se répéter qu'ils s'aimeraient toujours ;
Ce sujet revenait sans cesse en leurs discours.
Tout était en commun, plaisir, chagrin, souffrance ;
Ce qui manquait à l'un, l'autre le regrettait ;
Si l'un avait du mal, son ami le sentait ;
Si d'un bien, au contraire, il goûtait l'espérance,
    Tous deux en jouissaient d'avance.
Tel était leur destin, lorsqu'un jour, jour affreux !
Le lapin, pour dîner venant chez la sarcelle,
Ne la retrouve plus ; inquiet, il l'appelle :
Personne ne répond à ses cris douloureux.
Le lapin, de frayeur l'âme toute saisie,
Va, vient, fait mille tours, cherche dans les roseaux,
    S'incline par dessus les flots,
Et voudrait s'y plonger pour trouver son amie.
« Hélas ! s'écria-t-il, m'entends-tu ? Réponds-moi,
    Ma sœur, ma compagne chérie ;
    Ne prolonge pas mon effroi.
Encor quelques moments, c'en est fait de ma vie :
J'aime mieux expirer que de trembler pour toi. »
    Disant ces mots, il court, il pleure,
    Et, s'avançant le long de l'eau,
    Arrive enfin près du château
    Où le seigneur du lieu demeure.
    Là, notre désolé lapin
    Se trouve au milieu d'un parterre,
    Et voit une grande volière
Où mille oiseaux divers volaient sur un bassin.
    L'amitié donne du courage :
Notre ami, sans rien craindre, approche du grillage,
Regarde et reconnaît... ô tendresse ! ô bonheur !
La sarcelle ; aussitôt il pousse un cri de joie,
Et, sans perdre de temps à consoler sa sœur.

De ses quatre pieds il s'emploie
A creuser un secret chemin
Pour joindre son amie, et, par ce souterrain,
Le lapin tout à coup entre dans la volière,
Comme un mineur qui prend une place de guerre.
Les oiseaux effrayés se pressent en fuyant.
Lui court à la sarcelle; il l'entraîne à l'instant
Dans un obscur sentier, la conduit sous la terre,
Et, la rendant au jour, il est prêt à mourir
De plaisir.
Quel moment pour tous deux ! que ne sais-je le peindre
Comme je saurais le sentir !
Nos bons amis croyaient n'avoir plus rien à craindre :
Ils n'étaient pas au bout. Le maître du jardin,
En voyant le dégât commis dans sa volière,
Jure d'exterminer jusqu'au dernier lapin :
« Mes fusils ! mes furets ! » criait-il en colère.
Aussitôt fusils et furets
Sont tout prêts.
Les gardes et les chiens vont dans les jeunes tailles,
Fouillant les terriers, les broussailles ;
Tout lapin qui paraît trouve un affreux trépas ;
Les rivages du Styx sont bordés de leurs mânes :
Dans le funeste jour de Cannes,
On mit moins de Romains à bas.
La nuit vient; tant de sang n'a point éteint la rage
Du seigneur, qui remet au lendemain matin
La fin de l'horrible carnage.
Pendant ce temps, notre lapin,
Tapi sous des roseaux auprès de la sarcelle,
Attendait en tremblant la mort,
Mais conjurait sa sœur de fuir à l'autre bord
Pour ne pas mourir devant elle.

8

« Je ne te quitte point, lui répondait l'oiseau ;
Nous séparer serait la mort la plus cruelle.
   Ah ! si tu pouvais passer l'eau !
Pourquoi pas ? Attends-moi... » La sarcelle le quitte,
   Et revient traînant un vieux nid
Laissé par des canards ; elle l'emplit bien vite
De feuilles de roseau, les presse, les unit,
Des pieds, du bec, en forme un batelet capable
   De supporter un lourd fardeau ;
   Puis elle attache à ce vaisseau
Un brin de jonc qui servira de câble.
   Cela fait, et le bâtiment
Mis à l'eau, le lapin entre tout doucement
Dans le léger esquif, s'assied sur son derrière,
Tandis que devant lui la sarcelle nageant
Tire le brin de jonc, et s'en va dirigeant
   Cette nef à son cœur si chère.
On aborde, on débarque, et jugez du plaisir !
   Non loin du port, on va choisir
Un asile où, coulant des jours dignes d'envie,
   Nos bons amis, libres, heureux,
   Aimèrent d'autant plus la vie
   Qu'ils se la devaient tous les deux.

        FLORIAN.

XLVI

AUX ENFANTS.

Pauvres petits enfants, votre avenir m'alarme ;
Des méchants sont cachés au détour du chemin,
Et moi je ne veux pas que, faibles et sans arme,
    Vous veniez tomber sous leur main.

Fleur à fleur ils voudront arracher la couronne
Qui vous réjouit l'âme et vous parle d'été ;
Ils sont jaloux de voir que le ciel vous la donne,
    Ils pleurent de votre gaîté !

Ils ont eu comme vous des biens dignes d'envie,
Mais ils ont tout brisé dans un jour de fureur ;
Maintenant ils voudraient vous donner une vie
    Froide, aride comme la leur !

Leurs mensonges brillants vous séduiront peut-être,
Mais pensez aux oiseaux que l'on prend au miroir ;
Fermez vos yeux si purs pour ne point les connaître,
    Passez sans entendre ni voir.

Ils voudraient qu'un remords se fît un jour entendre
Où la gaîté sourit, et vous dît : Me voilà !
Et votre cœur si saint, si parfumé, si tendre,
    Que serait-il après cela ?

Un temple profané, silencieux et vide,
Un navire jouet des flots capricieux,
Un repaire où languit l'ennui, monstre perfide,
        Sans voix, sans oreille et sans yeux !

Que vous donneront-ils, ces hommes de misère,
Pour vaincre en votre cœur cet horrible géant ?
Quelle arme merveilleuse ou quel puissant mystère ?
        Ces mots : Suicide ! Néant !

La mort !... oui, voilà bien leur science erronée !
Blessés par tant d'écueils, le néant est leur port ;
Leur semence fatale, affreuse, empoisonnée,
        Ne peut produire que la mort !

O mes pauvres petits ! aux lèvres de vos mères
Vous qui puisiez l'amour, l'espérance, la foi,
Je voudrais vous sauver de ces peines amères ;
        Chers petits anges, croyez-moi !

Si vous voulez avoir, dans la plus sombre voie,
Un lumineux rayon devant vos yeux charmés,
Si vous voulez garder toujours un peu de joie,
        Aimez, pauvres enfants, aimez !

Si plus tard, détrompés de vos douces chimères,
Vous errez, tristes, seuls au monde où vous courez,
Vous pouvez rendre encor vos larmes moins amères ;
        La prière dit : Espérez !

Enfin, si chaque jour ramène une souffrance,
Si tout écroule et tombe où vous vous appuyez,

Si vous sentez faiblir l'amour et l'espérance,
    Regardez le ciel et croyez !

Ne méconnaissez point ces biens inestimables
Offerts aux malheureux lassés du poids du jour,
Dans le désert brûlant sources inépuisables :
    La foi, l'espérance, l'amour !

Oh ! oui, croyez au Dieu que le poète chante,
Si d'un peu de bonheur vous êtes désireux,
Et souvenez-vous bien que sa bonté touchante
    Vous fait un devoir d'être heureux.

H. VIOLEAU.

———————

XLVII

LES DIX FRANCS D'ALFRED.

    Alfred était, je pense,
Un enfant tel que vous, ayant huit à neuf ans,
Bien, bien riche ! il avait dans sa bourse dix francs,
Dix francs beaux et tout neufs. C'était la récompense
Donnée à sa sagesse, à ses petits travaux,
Ce qui faisait encor ces dix francs-là plus beaux.

Mais l'idée arriva d'en chercher la dépense,
Car c'eût été vilain de les garder toujours :

8.

L'argent qui ne sert pas est sans valeur aucune ;
Le point est de savoir lui donner un bon cours.
On avait fait Alfred maître de sa fortune :
Tantôt il la voyait en beau cheval de bois,
Tantôt c'était un livre... un livre !... Alors sa mère
Souriait de plaisir, sans l'aider toutefois,
Lui laissant tout l'honneur de ce qu'il allait faire.
Sur ce livre son choix à la fin se fixa.
Charmant enfant ! combien sa mère l'embrassa !

. . . .

C'était un jour d'hiver, quand la neige et le givre
Des arbres effeuillés blanchissent les rameaux,
Quand vous, heureux enfants, dans de larges manteaux,
Dans de bons gants fourrés, du froid on vous délivre :
    Alfred courait pour acheter son livre.
Mais voici tout à coup qu'il s'arrête surpris :
Deux enfants étaient là, tels, hélas ! qu'à Paris
Si souvent on en voit sur les ponts de la Seine.
Dans les bras l'un de l'autre ils étaient enlacés ;
L'un de son petit frère, avec sa froide haleine,
Cherchait à réchauffer les pauvres doigts glacés ;
Ils grelottaient bien fort, car leurs habits percés,
Presque à nu, les laissaient étendus sur la pierre.
Tournant vers les passants un regard de prière,
Ensemble ils répétaient: «J'ai grand froid ! j'ai grand'faim!»
Mais les riches passaient sans leur donner de pain;
Et leur cœur se gonflait, et puis de grosses larmes
Roulaient dans leur paupière et sillonnaient leur sein.
Certes, vous eussiez pris pitié de leurs alarmes,
Et vous ne seriez pas passés sur leur chemin,
N'est-ce pas, mes amis, sans leur tendre la main,
Sans demander pour eux quelque argent à vos mères ?

Alfred était témoin de leurs larmes amères :
« Maman, vois donc, dit-il, comme ils sont là tous deux !
Ils sont bien malheureux ! — Oh ! oui, bien malheureux !»
Lui répondit la mère attentive et touchée.

. . . .

Saisissant une vielle, auprès de lui muette,
Pour charmer l'enfant riche et recevoir de lui
Le pain qu'il n'avait pas obtenu d'aujourd'hui,
L'un d'eux tâche de rire, et, dansant, il répète
Un de ces airs appris sous le doux ciel natal ;
Mais ce rire était triste, et ce chant faisait mal.

. . . .

Or, vers le petit pauvre Alfred porte ses pas :
« Pourquoi, dit-il, tous deux restez-vous dans la neige ?»
Vous n'avez donc point, vous, de maman comme moi,
Qui vous donne du pain, du feu, qui vous protège ?
— Oh ! nous en avons une aussi, monsieur. — Pourquoi
Vous laisse-t-elle aller sans elle ou votre bonne,
Les pieds nus sur la terre ? Elle n'est donc pas bonne,
Votre maman à vous ? — Si fait ; elle avait faim,
Elle nous a donné ce qu'elle avait de pain,
Et voilà deux grands jours, hélas ! qu'elle est couchée.
Comme il ne restait plus chez nous une bouchée,
Elle nous embrassa, disant : « Pauvres petits !
« Allez et mendiez. » Et nous sommes sortis,
Et nous sommes venus nous coucher sur la pierre,
Et personne, ô mon Dieu ! n'entend notre prière ;
Et voilà que bientôt mon frère va mourir,
Car le froid, car la faim nous ont fait tant souffrir !
— Vous n'avez donc pas, vous, reprit Alfred, un père
Qui donne tous les jours de l'or à votre mère ?»
Le pauvre enfant se prit à sangloter plus fort :
« Hélas ! répondit-il, notre père !... il est mort !

Il est mort! et c'est lui qui nous faisait tous vivre ! »
Alfred, pleurant aussi, ne songea plus au livre,
Et dans la main du pauvre il glissa ses dix francs.
La mère le saisit dans ses bras triomphants,
Et lui dit : « Mon Alfred, un livre pour apprendre,
C'était déjà bien beau ; mais tu m'as fait comprendre,
Mon fils, que mieux encore est de donner du pain
A ceux qui vont mourir et de froid et de faim. »
Et moi je dis : Heureux est l'enfant charitable
Qui donne à l'indigent le peu qu'il reçoit d'or,
      Et qui des miettes de la table,
S'il ne peut rien de plus, sait faire aumône encor !
Pour que dans votre bourse, amis, quelque argent tombe,
Travaillez donc aussi, soyez sages et bons;
      Et l'infortuné qui succombe
Puisera l'existence et la paix dans vos dons.
Et le vieillard qui prie et dont la tête est nue,
Enfants, le bon vieillard ployé sous les douleurs,
      Au son de votre voix connue,
Sourira, car c'est vous qui sècherez ses pleurs.
Et celles qu'on rencontre à genoux sur la route,
Les mères qui n'ont pas de pain pour leurs petits,
      Diront : C'est le bon Dieu sans doute
Qui vous adresse à moi, anges du paradis !
Et leurs petits surtout, ceux qui n'ont plus de père,
Leurs tout petits enfants ne diront plus : J'ai faim !
      Anges, car vous êtes leurs frères,
Et le ciel vous a faits pour leur tendre la main.

LÉON GUÉRIN.

XLVIII

LE PETIT MENTEUR.

Venez bien près, plus près, qu'on ne puisse m'entendre.
Un bruit vole sur vous, mais qu'il est peu flatteur !
Votre mère en est triste ; elle vous est si tendre !
On dit, mon cher amour, que vous êtes menteur.

Au lieu d'apprendre en paix la leçon qu'on vous donne,
Vous faites le plaintif, vous traînez votre voix,
Et vous criez très-haut : « Hé ! ma bonne ! ma bonne !... »
L'écho, qui me dit tout, m'en a parlé deux fois.
Vous avez effrayé cette bonne attentive,
   Et, pour vous secourir,
Près de vous, toute pâle, on l'a vue accourir.
Hélas ! vous avez ri de sa bonté craintive !
Enfant, vous avez ri ! quelle douleur pour nous !
On ne croira donc plus à vos jeunes alarmes ?
Si j'avais eu ce tort, j'irais à deux genoux
Lui demander pardon d'avoir ri de ses larmes ;
J'irais... Ne pleurez pas ; causons avant d'agir.
Écoutez une histoire, et jugez-la vous-même ;
Cachez-vous cependant sur ce cœur qui vous aime :
   Je rougis de vous voir rougir.

« Au loup ! au loup ! à moi ! » criait un jeune pâtre,
Et les bergers entre eux suspendaient leurs discours.

Trompé par les clameurs du rustique folâtre,
Tout venait, jusqu'au chien, tout volait au secours.
Ayant de tant de cœurs éveillé le courage,
Tirant l'un du sommeil et l'autre de l'ouvrage,
Il se mettait à rire, il se croyait bien fin.
« Je suis loup, » disait-il. Mais attendez la fin.
Un jour que les bergers, au fond d'une vallée,
Appelant la gaîté sur leurs aigres pipeaux,
Confondaient leurs repas, leurs chansons, leurs troupeaux,
Et de leurs pieds, joyeux, pressaient l'herbe foulée :
« Au loup! au loup! à moi ! » dit le pauvre garçon;
« Au loup! » répéta-t-il d'une voix lamentable.
Pas un n'abandonna la danse ni la table :
« Il est loup, dirent-ils ; à d'autres la leçon. »
Et toutefois le loup dévorait la plus belle
        De ses belles brebis;
Et pour punir l'enfant, qu'il traitait de rebelle,
Il lui montrait les dents et rompait ses habits.
Et le pauvre menteur, élevant ses prières,
N'attristait que l'écho; ses cris n'amenaient rien :
Tout riait, tout dansait au loin sur les bruyères.
« Eh quoi ! pas un ami! dit-il, pas même un chien ! »
On ajoute, et vraiment c'est pitié de le croire,
Qu'il serrait la brebis dans ses deux bras tremblants;
Et, quand il vint en pleurs raconter son histoire,
On vit que ses deux bras étaient nus et sanglants.
« Il ne ment pas, dit-on; il tremble ! il saigne ! il pleure !
« Quoi! c'est donc vrai, Colas? (Il s'appelait Colas.)
        « Nous avons bien ri tout à l'heure ;
« Et la brebis est morte ? — Elle est mangée, hélas ! »
On le plaignit. Un rustre, insensible à ses larmes,
Lui dit : « Tu fus menteur, tu trompas notre effroi ;

Or, s'il m'avait trompé, le menteur, fût-il roi,
    Me crîrait vainement : Aux armes ! »

Et vous n'êtes pas roi, mon fils, et vous mentez !
Ici, pas un flatteur dont la voix vous abuse ;
    Vous n'avez point d'excuse.
Quand vous aurez perdu tous les cœurs révoltés,
Vous ne direz qu'à moi votre souffrance amère,
    Car on ne ment pas à sa mère.
Tout s'enfuira de vous, j'en pleurerai tout bas ;
Vous n'aurez plus d'amis, je n'aurai plus de joie.
Que ferons-nous alors ? Oh ! ne vous cachez pas !
Prenez un peu courage, enfant, que je vous voie ;
Vous me touchez le cœur, j'y sens votre pardon.
Allez, petit chéri, ne trompez plus personne ;
Soyez sage, aimez Dieu, je crois qu'il vous pardonne :
    Il est père, il est bon !

Mᵐᵉ DESBORDES-VALMORE.

XLIX

HYMNE DES MARINIERS.

Astre aux rayons sacrés, étoile tutélaire,
    Amour des matelots,
Toi dont le doux regard fait tomber la colère
    Et des vents et des flots,

Astre divin, étoile de Marie,
Protége-nous de ta clarté chérie.
Les mariniers invoqueront toujours
Notre-Dame de Bon-Secours.

Mère du Dieu vivant, ce radieux emblème
    Réfléchit ta beauté ;
Dans ce signe de paix nous t'admirons toi-même,
    O source de bonté !
Le Dieu puissant né de sa créature,
Reine des cieux, t'a soumis la nature.
Les mariniers invoqueront toujours
Notre-Dame de Bon-Secours.

Quand nos cris gémissants, à travers la tempête,
    Iront te supplier,
Daigne écarter la mort qui plane sur la tête
    Du pauvre marinier,
Et souviens-toi, dans la tourmente amère,
Des pleurs qu'un fils peut coûter à sa mère.
Les mariniers invoqueront toujours
Notre-Dame de Bon-Secours.

Étoile du salut, guide notre voyage,
    Sauve-nous de la mort,
Et conduis-nous, après ce court pèlerinage,
    Dans le céleste port,
Où pour jamais, dans une paix profonde,
Nous oublîrons les tempêtes du monde.
Les mariniers invoqueront toujours
Notre-Dame de Bon-Secours.

Astre aux rayons sacrés, étoile tutélaire,
　　　Amour des matelots,
Toi dont le doux regard fait tomber la colère
　　　Et des vents et des flots;
　Astre divin, étoile de Marie,
　Protége-nous de ta clarté chérie.
　Les mariniers invoqueront toujours
　　Notre-Dame de Bon-Secours.

POIRÉ SAINT-AURÈLE.

FIN DU LIVRE DEUXIÈME.

LIVRE TROISIÈME.

—◦●◑◦—

1

LA PETITE MENDIANTE.

C'est la petite mendiante,
Qui vous demande un peu de pain ;
Donnez à la pauvre innocente,
Donnez, donnez, car elle a faim.
Ne rejetez pas ma prière :
Votre cœur vous dira pourquoi.
J'ai six ans, je n'ai plus de mère,
J'ai faim, ayez pitié de moi.

Hier c'était fête au village ;
A moi personne n'a songé.
Chacun dansait sous le feuillage ,
Hélas ! et je n'ai pas mangé.
Pardonnez-moi ; si je demande ,
Je ne demande que du pain.
Du pain ! je ne suis pas gourmande ;
Ah ! ne me grondez pas , j'ai faim.

N'allez pas croire que j'ignore
Que dans ce monde il faut souffrir ;
Mais je suis si petite encore !
Ah ! ne me laissez pas mourir !
Donnez à la pauvre petite ,
Et pour vous comme elle prira !
Elle a faim , donnez, donnez vite ,
Donnez ; quelqu'un vous le rendra.

Si ma plainte vous importune ,
Eh bien ! je vais rire et chanter ;
De l'aspect de mon infortune
Je ne dois pas vous attrister.
Quand je pleure, l'on me rejette ,
Chacun me dit : Éloigne-toi !
Écoutez donc ma chansonnette :
Je chante, ayez pitié de moi !

BOUCHER DES PERTHES.

II

LA CARPE ET LES CARPILLONS.

« Prenez garde, mes fils, cotoyez moins le bord,
    Suivez le fond de la rivière ;
    Craignez la ligne meurtrière,
Ou l'épervier plus dangereux encor. »
C'est ainsi que parlait une carpe de Seine
A de jeunes poissons qui l'écoutaient à peine.
C'était au mois d'avril : les neiges, les glaçons,
Fondus par les zéphyrs, descendaient des montagnes ;
Le fleuve, enflé par eux, s'élève à gros bouillons,
    Et déborde dans les campagnes.
    « Ah! ah! criaient les carpillons,
    Qu'en dis-tu, carpe radoteuse ?
    Crains-tu pour nous les hameçons ?
Nous voilà citoyens de la mer orageuse ;
Regarde : on ne voit plus que les eaux et le ciel,
    Les arbres sont cachés sous l'onde,
    Nous sommes les maîtres du monde :
    C'est le déluge universel.
— Ne croyez pas cela, répond la bonne mère ;
Pour que l'eau se retire, il ne faut qu'un instant.
Ne vous éloignez point, et, de peur d'accident,
Suivez, suivez toujours le fond de la rivière.
— Bah! disent les poissons, tu répètes toujours
        Mêmes discours.
Adieu, nous allons voir notre nouveau domaine. »
    Parlant ainsi, nos étourdis

Sortent tous du lit de la Seine,
Et s'en vont dans les eaux qui couvrent le pays.
Qu'arriva-t-il ? Les eaux se retirèrent,
Et les carpillons demeurèrent ;
Bientôt ils furent pris
Et frits.
Pourquoi quittaient-ils la rivière ?
Pourquoi ? Je le sais trop, hélas !
C'est qu'on se croit toujours plus sage que sa mère,
C'est qu'on veut sortir de sa sphère,
C'est que... c'est que... je n'en finirais pas.

FLORIAN.

III

LE RAISONNEMENT DE GROS-PIERRE.

« Ah ! si j'avais un écu,
Disait un jour le gros Pierre
A son compère Ledru,
Va, tu ne te doutes guère
De l'emploi que j'en ferais !
Avec cet écu j'aurais
Un joli coq pour ma poule.

. . . .

Les poulets seraient vendus
La douzaine trois écus.
Avec l'argent de la vente

Je pourrais avoir du grain ;
Avec le grain je me vante
De trouver un bon terrain.
Je sais cultiver la terre,
Je suis actif, vigilant ;
Et quand un propriétaire
Me connaîtrait ce talent,
On m'offrirait une ferme ;
Je la prendrais pour trois ans.
Par des profits innocents,
Gageons, au bout de ce terme,
Que je me trouve de quoi
Avoir une ferme à moi !
Ah ! c'est alors, mon compère,
Que j'agrandirais mon bien !
Je connais plus d'un moyen
Pour faire rendre une terre
Quatre fois plus qu'on ne croit.
Dam ! ensuite on peut s'entendre ;
Pour acheter et revendre,
Je ne suis pas maladroit ;
Enfin, par mon industrie,
Je deviendrai, je parie,
Le plus riche de l'endroit.

— Pardieu ! mon pauvre ami Pierre,
S'il ne te faut qu'un écu
Pour être propriétaire,
Tiens, le voilà, dit Ledru.
Cultive, sème, défriche,
Plante, achète, deviens riche ;
Alors, chez toi, mon garçon,
Pour prix de cette misère,

Tu me permettras, j'espère,
D'aller dîner sans façon. »

Maître Pierre tient la pièce ;
Son compère est déjà loin.
Quand notre homme est sans témoin,
Il prend l'écu, le caresse,
Puis, oubliant son projet,
Va le boire au cabaret.
Le soir, quittant sa besogne,
Ledru repasse par là ;
Il rencontre notre ivrogne
Qui marche cahin-caha.
« Morbleu ! lui dit le compère,
Dans quel état te mets-tu ?
Voilà donc de mon écu
L'emploi que tu devais faire !
Et tes plans de ce matin ?

— Écoute donc, répond Pierre :
Pour être riche, compère,
J'ai pris le plus court chemin ;
Va, je nargue la misère !
J'ai bien placé mon écu;
Car, mon ami, quand j'ai bu,
C'est à moi toute la terre. »

Ch.-P. de Kock.

IV

LA CONVALESCENCE D'UN ENFANT.

Réveillez-vous, ma sœur, votre enfant vous appelle ;
Ses yeux se sont ouverts, et sa bouche a parlé :
Un ange l'emportait vers la vie éternelle,
Mais il a vu vos pleurs, et ses pleurs ont coulé.

Trois fois, l'enveloppant de ses divines ailes,
Il a pris dans ses bras le cher petit fardeau,
Et trois fois, en voyant vos larmes maternelles,
L'a replacé lui-même au fond de son berceau,

Disant, et cette voix harmonieuse et tendre
Vibrait si doucement que mon cœur se mourait,
Et comme un écho vague il me semblait entendre
Les mots mystérieux que l'ange murmurait :

« Vis, ton berceau du ciel n'était pas prêt encore ;
Vis tout le jour de l'homme, enfant, et ses regrets.
L'heure la plus charmante est celle de l'aurore :
Heureux qui la peut voir et qui s'endort après !

« Tu devais seulement porter la plus légère ;
Mais ta mère a crié : « Seigneur, je ne veux pas ! »
Et près de Dieu, là-haut, toujours veille une mère,
Qui n'a point oublié les peines d'ici-bas.

9.

« Enfant, tu vas reprendre, en ces sentiers de fange,
Ton voyage un moment troublé par la douleur.
De toi, parmi les siens, Dieu voulait faire un ange :
Reste, entre les vivants, un ange par le cœur.

« Dans ce monde où tout ment, le front et la parole,
Où le regard lui-même a perdu sa beauté,
Couronné d'innocence à défaut d'auréole,
Reste petit enfant par la simplicité.

« Cette fleur de sagesse, en grâce si féconde,
Laisse-la dans ton sein croître et s'épanouir ;
Son parfum exhalé, nul soleil de ce monde
Ne saurait désormais la faire refleurir.

« Le pauvre que la faim chasse de ville en ville
Rencontre quelquefois l'aumône vers le soir ;
Mais sur le sol ingrat d'où le vice l'exile
L'innocence jamais ne reviendra s'asseoir.

« Et tu ne voudrais pas que Dieu dît, en son heure,
A celle dont l'amour et les soins t'ont sauvé :
« J'ai laissé mon trésor caché dans ta demeure,
« Et, durant ton sommeil, les voleurs l'ont trouvé. »

A. DE LATOUR.

V

L'ÉCUREUIL ET LE RAT.

Un petit écureuil, bien vif, bien sémillant,
        Avait son nid sur un vieux hêtre,
        Vivant heureux, libre et content
        Dans le bois qui l'avait vu naître.
Au milieu de ce bois, une ferme, un verger,
        Un magnifique potager,
        Lui fournissaient en abondance
Des fruits à savourer et des noix à ronger.
C'était assez pour lui, car, dès sa tendre enfance,
        Ses parents, par nécessité,
        Ou peut-être par prévoyance,
Avaient formé son goût à la sobriété.
        Rien n'était si doux que sa vie :
Liberté tout entière et plaisirs innocents,
        N'est-ce pas de quoi faire envie?
Il était le premier, au retour du printemps,
        A voir la forêt embellie
        De jeunes fleurs et de bourgeons naissants.
        Aucun souci, dans sa retraite,
        Ne venait troubler son sommeil,
        Et le matin, à son réveil,
        Il allait faire sa toilette,
        Aux premiers rayons du soleil,
Se peignait, s'arrangeait, se redressait l'oreille ;
De sa queue en panache il ombrageait son dos,
        Et se réchauffait en repos,

Sans crainte pour demain, sans regret pour la veille.

C'était charmant. Voilà qu'un beau matin,

Le museau propre et les pattes bien nettes,

Notre écureuil, allant à la chasse aux noisettes,

Trouve un gros rat sur son chemin.

Il salue avec politesse ;

Le rat l'accoste et veut nouer un entretien :

« Mon cher enfant, dit-il, sans que cela paraisse,

D'être utile j'ai le moyen ;

Votre figure m'intéresse,

Et je serais charmé de vous faire du bien.

Que cherchez-vous ici ? Parlez avec franchise ;

Je suis tout prêt à vous servir.

Voulez-vous que je vous conduise

Où vous trouverez à choisir

Sucre, biscuits, gâteaux, fromage de Hollande,

Pour vous régaler à loisir ?

— Monsieur, dit l'écureuil, une petite amande

Est tout ce qu'il me faut pour mon simple repas ;

Je vous suis obligé, mais je ne connais pas

Les mets dont vous parlez. — Vous plaisantez, je pense ;

Le sucre vous est inconnu ?

— Vraiment oui. — Se peut-il ? Vous n'avez pas vécu,

Mon cher ; vous ignorez ce que la Providence

A voulu faire pour nous

De plus doux.

Et les biscuits ? et le fromage ?

— Moi, je ne les connais, monsieur, pas davantage.

— Ah ! pauvre enfant, que je vous plains !

Suivez-moi dans cette chaumière ;

C'est là que vous verrez... — Oh ! non, monsieur ; je crains

De désobéir à mon père.

Il m'a bien souvent défendu

D'entrer dans les maisons des hommes ;
Ils sont nos ennemis de tous tant que nous sommes :
« Fuis-les bien, m'a-t-il dit, ou tu serais perdu. »
— Votre père a voulu vous effrayer sans doute,
        Reprit le rat ; mais voyez-moi,
        J'y vais sans cesse, et, par ma foi,
        Je n'y vois rien que je redoute.
—Vous croyez?-Je vous jure.-Eh bien donc je vous suis. »
L'écureuil, en tremblant, trotte jusqu'à l'office ;
        Le sucre lui parut exquis.
        Le rat riait avec malice :
        « A présent, dit-il, mon cher fils,
        Goûte à ce morceau de fromage. »
L'écureuil mord... soudain, avec un grand tapage,
        Un trébuchet tombe... il est pris.
Le rat se sauve, on vient, on met dans une cage
        Le pauvre écureuil confondu ;
Il pleure, il se désole, et dit, en son langage :
« Adieu, nid paternel, liberté, frais ombrage !
        Un mauvais conseil m'a perdu. »

                                L. DE JUSSIEU.

VI

L'ANGE ET L'ENFANT.

Un ange au radieux visage,
Penché sur le bord d'un berceau,
Semblait contempler son image
Comme dans l'onde d'un ruisseau.

« Charmant enfant, qui me ressemble,
Disait-il, oh ! viens avec moi !
Viens, nous serons heureux ensemble ;
La terre est indigne de toi.

« Là, jamais entière allégresse ;
L'âme y souffre de ses plaisirs ;
Les cris de joie ont leur tristesse,
Et les voluptés leurs soupirs.

« La crainte est de toutes les fêtes ;
Jamais un jour calme et serein
Du choc ténébreux des tempêtes
N'a garanti le lendemain.

« Eh quoi ! les chagrins, les alarmes
Viendraient troubler ce front si pur,
Et par l'amertume des larmes
Se terniraient ces yeux d'azur ?

« Non, non, dans les champs de l'espace
Avec moi tu vas t'envoler ;
La Providence te fait grâce
Des jours que tu devais couler.

« Que personne dans ta demeure
N'obscurcisse ses vêtements ;
Qu'on accueille ta dernière heure
Ainsi que tes premiers moments.

« Que les fronts y soient sans nuage,
Que rien n'y révèle un tombeau :
Quand on est pur comme à ton âge,
Le dernier jour est le plus beau. »

Et, secouant ses blanches ailes,
L'ange, à ces mots, a pris l'essor
Vers les demeures éternelles.
Pauvre mère !... ton fils est mort !

REBOUL.

VII

LE LOUP, LA CHÈVRE ET LE CHEVREAU.

La bique, allant remplir sa traînante mamelle
    Et paître l'herbe nouvelle,
    Ferma sa porte au loquet,
    Non sans dire à son biquet :
    « Gardez-vous, sur votre vie,
    D'ouvrir que l'on ne vous die
    Pour enseigne et mot du guet :
    Foin du loup et de sa race ! »
    Comme elle disait ces mots,
    Le loup de fortune passe ;
    Il les recueille à propos,
    Et les garde en sa mémoire.
    La bique, comme on peut croire,
    N'avait pas vu le glouton.
Dès qu'il la voit partie, il contrefait son ton,
    Et, d'une voix papelarde,
Il demande qu'on ouvre, en disant : « Foin du loup ! »

Et croyant entrer tout d'un coup,
Le biquet soupçonneux par la fente regarde :
« Montrez-moi patte blanche, ou je n'ouvrirai point, »
S'écria-t-il d'abord. Patte blanche est un point
Chez les loups, comme on sait, rarement en usage.
Celui-ci, fort surpris d'entendre ce langage,
Comme il était venu s'en retourna chez soi.
Où serait le biquet s'il eût ajouté foi
      Au mot du guet, que de fortune
      Notre loup avait entendu?

      Deux sûretés valent mieux qu'une,
Et le trop en cela ne fut jamais perdu.

LA FONTAINE.

VIII

LES ORANGES.

      Un habitant des bords du Tage
      Avait un fils que sa douceur,
Son esprit, sa beauté, son aimable candeur
      Rendaient le phénix de son âge ;
      Mais il fréquentait, par malheur,
Des amis dont l'exemple et l'entretien peu sage
      Auraient pu corrompre son cœur.
Le père en fut instruit, et vit avec douleur
Le risque que couraient ses mœurs, son innocence.

Il lui donne d'abord les plus sages avis,
Lui peint les maux que peut causer son imprudence,
Et l'exhorte à quitter ces compagnons chéris.
« Mais pourquoi, dit l'enfant, faut-il que je les quitte ?
      Papa, vous pensez trop mal d'eux ;
      Ils sont sages et vertueux ;
Et s'ils ne l'étaient pas, par ma sage conduite
      Je saurais bien les corriger. »
Le père, qui sentit encor mieux le danger
      Où l'exposait sa confiance,
Feint d'être rassuré, garde un profond silence ;
Mais tandis que l'enfant était loin du logis,
Il remplit un panier d'oranges bien choisies,
En mêle tout au plus deux ou trois de pourries,
Et fait, à son retour, ce présent à son fils.
Le marmot, empressé, le prend, le considère ;
Mais à peine a-t-il vu : « Qu'avez-vous fait, mon père ?
Quoi ! parmi des fruits sains mêler des fruits gâtés !
    — Ne craignez rien, mon fils, laissez-moi faire ;
      Des bons la vertu salutaire
Corrigera bientôt ceux qui sont infectés.
    — Ah ! je prévois tout le contraire :
Ceux qui sont corrompus corrompront tous les bons.
— Ne craignez rien, vous dis-je, ou du moins attendons.
Et, pour pouvoir juger qui de nous prend le change,
Laissons ces fruits mêlés ; ensuite nous verrons
      Ce qu'aura produit ce mélange. »
Le fils consent à tout ; on ferme le panier.
Cinq ou six jours après, on en fait l'ouverture :
Mais ce n'était, hélas ! qu'un tas de pourriture.
« Je l'avais bien prévu, dit alors l'écolier.
Ah ! pourquoi n'avoir point, papa, daigné vous rendre
      A l'avis que je proposais ?

— Et vous, mon fils, reprit le père tendre,
Pourquoi si longtemps vous défendre
Des conseils que je vous donnais,
Lorsque je m'attachais à vous faire comprendre
Que, si vous fréquentiez des amis vicieux,
Vous le seriez bientôt comme eux ? »

REYRE.

IX

L'ENFANT DE L'HOSPICE.

« Adieu, mes sœurs, voici l'aurore,
Il faut vous quitter pour toujours ;
Mais je n'ai que douze ans, je suis bien jeune encore !
Qui voudra désormais prendre soin de mes jours ?

« Je n'ose plus vous demander ma mère,
Vos yeux se baisseraient encore tristement ;
Vous m'avez dit du moins qu'au ciel j'avais un père,
Qu'il fallait chaque jour le prier humblement,
Et que sa bonté tutélaire
Prendrait pitié de son enfant.

« Vous m'avez dit aussi : « Pour qu'il te soit prospère,
« Sers le riche ; au travail le pauvre est condamné. »
Eh bien ! j'obéirai ; j'obtiendrai pour salaire
Le pain, soutien de la misère,
Que vous m'avez longtemps donné. »

L'enfant, à ces mots, s'achemine,
Sans détourner les yeux, n'osant que soupirer,
Et, quand il disparut derrière la colline,
Les sœurs en se signant se prirent à pleurer.

Le voilà donc, triste, sans guide,
Souffrant de froid et quelquefois de faim,
De la ville au village errant d'un pas timide,
Et demandant partout du travail et du pain.

Soit que la douce bienfaisance
Accueillît sa misère et lui tendît les bras,
Soit que l'orgueil de l'opulence
Sans pitié repoussât ses pas,
Des lieux témoins de sa première enfance
Le souvenir ne l'abandonnait pas.

Et quand parfois, touché de sa misère,
Le passant, déplorant son abandon cruel,
Lui demandait : « Enfant, quel est ton père? »
Il ne répondait pas, mais il montrait le ciel.

L'automne fuyait; la campagne
S'attristait au retour des glaces de l'hiver.
Un jour, la nue avait obscurci l'air;
La neige blanchissait le front de la montagne ;
Les vents au souffle impétueux
Mugissaient, déchaînés autour du saint hospice,
Et sur le vieux clocher du gothique édifice
Agitaient en grondant l'airain religieux.

Une voix faible et lamentable
Au bruit de l'ouragan tout à coup se mêla ;
Elle invoquait la pitié secourable,
Et disait : « Dieu vous le rendra ! »

On ouvre au malheureux qui prie;
Il entre. O mortelles douleurs !
C'est lui, le pauvre enfant, près de perdre la vie,
Et rassemblant ces mots sur sa lèvre flétrie :
« Je vais mourir ; bénissez-moi, mes sœurs ! »

A ses côtés on accourt, on s'empresse ;
Des saintes sœurs environné,
Le voilà qui sourit aux soins de leur tendresse.
Mais leurs soins seront vains, car son heure a sonné.

Bientôt il ferme la paupière
En murmurant ces mots si doux :
« Adieu, mes sœurs, séparons-nous ;
Vous m'avez dit qu'au ciel j'avais un père,
Et je vais le prier pour vous. »

AUDIFFRET.

X

LE PAYSAN ET LES DEUX PERROQUETS.

Un manant qui n'était sorti de son hameau
Que pour aller parfois dans ceux du voisinage,
N'avait jamais connu ni vu ce bel oiseau
Qui charme nos regards par son brillant plumage,
Et sait même de l'homme imiter le langage.
   Mais à la ville étant venu,
Le bonhomme entendit une voix inconnue
Qui lui dit, dans le temps qu'il passait par la rue :
« Eh ! bonjour, mon ami ; comment te portes-tu ? »
   Aussitôt il tourne la vue
Du côté d'où la voix semblait être venue ;
   Mais il ne voit qu'un perroquet,
Qui lui demande encor comment il se portait.
   Il suivait en cela l'usage
   De son maître, qui très-souvent
   A ses amis, en les voyant,
   Adressait ce tendre langage ;
   Mais notre homme, qui l'ignorait,
S'appliquant bonnement ce que Jacquot disait,
Crut qu'il avait pour lui la plus vive tendresse.
Il en était tout fier, lorsqu'il vit en chemin
   Un oiseau de la même espèce,
Mais qui ne lui fit pas la même politesse ;
Car, imitant son maître, homme dur, inhumain,
Qui repoussait toujours le pauvre avec rudesse,

Il lui dit plusieurs fois : « Retire-toi, coquin ! »
Cet accueil lui parut fort extraordinaire,
Et, tout surpris, il dit : « Qu'est-ce donc que ceci ?
De l'oiseau qui d'abord m'a si bien accueilli
   Celui-ci me paraît le frère ;
Habillés à peu près de la même manière,
   Ils ont tous deux les mêmes traits,
Et sur le même moule ils semblent être faits :
Ils devraient donc avoir le même caractère.
   Je vois pourtant tout le contraire :
   L'un est bon, et l'autre méchant ;
L'un m'a fait une insulte, et l'autre un compliment.
   Comment cela se peut-il faire ?
Et pourquoi l'un de l'autre est-il si différent ?
   — C'est, dit quelqu'un en l'entendant,
   C'est que ces oiseaux ont l'usage
De ne dire jamais que ce qu'on leur apprend ;
   Ils forment toujours leur langage.
   Sur celui des maîtres qu'ils ont :
C'est l'éducation qui les fait ce qu'ils sont. »

N'en soyez point surpris : quoique nous soyons hommes,
On en peut dire autant de tous tant que nous sommes.
   Heureux donc, heureux les enfants
Qu'élèvent un bon maître et de sages parents !

REYRE.

XI

LE NID.

De ce buisson de fleurs approchons-nous ensemble.
Vois-tu ce nid posé sur la branche qui tremble ?
Pour le couvrir vois-tu les rameaux se ployer ?
Les petits sont cachés sous leur couche de mousse ;
Ils sont tous endormis... Oh ! viens ; ta voix est douce,
      Ne crains pas de les effrayer.

De ses ailes encor la mère les recouvre ;
Son œil appesanti se referme et s'entr'ouvre,
Et son amour longtemps lutte avec le sommeil.
Elle s'endort enfin... Vois comme elle repose !
Elle n'a rien pourtant qu'un nid sous une rose
      Et sa part de notre soleil.

Vois, il n'est point de vide en son étroit asile :
A peine s'il contient sa famille tranquille ;
Mais là le jour est pur et le soleil est doux :
C'est assez ! elle n'est ici que passagère.
Chacun de ses petits peut réchauffer son frère,
      Et son aile les couvre tous.

Et nous pourtant, mortels, nous, passagers comme elle,
Nous fondons nos palais quand la mort nous appelle ;
Le présent est flétri par nos vœux d'avenir ;

Nous demandons plus d'air, plus de jour, plus d'espace,
Des champs, un toit plus grand... Ah! faut-il tant de place
Pour aimer un jour, et mourir !

É. SOUVESTRE.

XII

LA MENDIANTE.

La pauvre femme est là devant le cimetière,
Bien vieille et ne pouvant presque se soutenir ;
Elle implore une aumône et prie, et sa prière
Parle de mort et d'avenir.

Là, du matin au soir, tous ceux que l'on enterre
Passent devant ses yeux avec leur blanc linceul ;
Là vient la jeune fille, et puis la pauvre mère,
Et puis l'enfant, et puis l'aïeul !

Elle voit les regrets, les douleurs et les larmes,
Elle sait que beaucoup ont tremblé de mourir ;
Mais pour elle, elle peut y songer sans alarmes :
Pour elle, mourir c'est dormir !

Le monde dur et froid la dédaigne et la chasse,
Et personne ne vient s'attacher à son sort ;
Mais, pour se consoler, d'avance elle a pris place
Dans cet asile de la mort.

Que l'on visite encore un jour le cimetière,
Les yeux la chercheront et ne la verront pas;
Car elle aura quitté son vieux siége de pierre
    Pour reposer un peu plus bas !

           X. MARMIER.

        ————

XIII

LES DEUX ENFANTS ET LES MOUCHES.

Deux enfants se trouvaient dans un appartement
    Où les mouches semblaient se plaire.
    L'un des deux dit en les voyant :
    « Ces mouches-là nous font la guerre;
    Eh bien ! nous, de nous en défaire
    Faisons-nous un amusement.
— Oui, ce serait, dit l'autre, une fort bonne affaire.
    Mais ne leur causons aucun mal ;
Car se montrer cruel envers un animal,
C'est la marque, je crois, d'un mauvais caractère.
    Ne cherchons qu'à nous divertir;
    Contentons-nous de les saisir,
Et voyons qui de nous en prendra davantage.
    — J'y consens, » reprit l'autre enfant,
Et voilà nos lutins d'abord en mouvement.
    Mais, pour faire plus sûrement

Le plus de mouches prisonnières,
Ils s'y prennent de deux manières :
L'un, croyant qu'il pourrait les prendre avec la main,
Les poursuit, va, vient, se démène,
Et souvent se démène en vain;
L'autre met simplement du miel dans un bassin,
Et, sans prendre la moindre peine,
Sans chercher sa proie, il l'attend.
Les mouches à ses vœux s'empressent de se rendre,
Ne le font pas longtemps attendre ;
D'elles-mêmes incontinent
Au miel qui les attire elles viennent se prendre,
Et notre drôle en avait cent,
Quand l'autre n'en avait pas trente.
Celui-ci, dont l'humeur était fort violente,
Admira la vertu de la douce liqueur,
Et, convaincu, par cette expérience,
Qu'on résiste à la violence,
Mais que l'on cède à la douceur,
Il résolut dès lors d'adoucir son humeur.

REYRE.

XIV

L'ENFANCE.

Ah ! vous avez raison, à quoi bon se hâter,
Quand un âge est si beau, si pur, de le quitter
Pour un autre âge qu'on ignore ?

L'ardent midi plus tard arrivera pour vous ;
Mais, vous le devinez, les rayons les plus doux
    Brillent au lever de l'aurore.

Être enfant, c'est avoir le secret du bonheur ;
C'est en des mots charmants exhaler de son cœur
    Un parfum de réjouissance.
Être enfant, c'est planer plus haut que le condor ;
C'est transformer le monde et changer tout en or
    Au toucher de son innocence.

Qu'importent des succès mendiés tant de fois !
Demandez au poète, au favori des rois,
    Victimes que la gloire immole,
Après tant de travaux et d'efforts douloureux,
Parmi les bruits humains si rien valut pour eux
    Les bourdonnements de l'école !

Laissez-nous nos plaisirs, nos rêves, nos tourments,
Et prolongez en paix les rapides moments
    De votre enfance radieuse.
Votre âge est un flambeau rayonnant de clarté :
Plus l'âme s'en éloigne et plus la vérité
    Devient sombre et mystérieuse.

N'oubliez rien : là-bas, sous l'arbre du chemin,
Une troupe joyeuse appelle votre main ;
    Reprenez vos rondes légères,
Et ces airs sans rivaux chantés à pleine voix :
« Les lauriers sont coupés, nous n'irons plus au bois ;
    Ramenez vos moutons, bergères ! »

Puis, rouges de fatigue, au seuil de la maison,
Tandis que les senteurs de la jeune saison

Arrivent à vous par bouffées,
Écoutez ces récits qu'on n'inventerait pas,
Et que le bon Perrault jadis apprit tout bas
De la bouche même des fées.

Dans ce livre chéri, vous vous en souvenez,
Quelques pauvres enfants au bois abandonnés,
Après des angoisses sans nombre,
Échappés par la ruse à l'ogre qui les suit,
Errent à l'aventure et frissonnent au bruit
D'un pas qui chemine dans l'ombre.

Ce pas, vous l'entendez, mes amis : c'est le temps,
L'ogre que vous fuyez et qui dans peu d'instants
S'applaudira de sa capture.
Dieu ! s'il se reposait ! s'il cherchait à dormir !
Si vous pouviez aussi l'approcher sans frémir
Et lui dérober sa chaussure !

Car, vous avez raison, à quoi bon se hâter,
Quand un âge est si beau, si pur, de le quitter
Pour un autre âge qu'on ignore ?
L'ardent midi bientôt arrivera pour vous ;
Mais, vous le devinez, les rayons les plus doux
Brillent au lever de l'aurore.

HIPP. VIOLEAU.

XV

LA CONVERSATION DES OISEAUX.

C'était l'hiver, et les petits oiseaux
    Ayant déserté le bocage,
Se retiraient derrière les vitraux
    D'un vieux grenier du voisinage.
Ils avaient fait de ce lieu leur cité
Pour y passer la saison rigoureuse.
Ils y trouvaient abri chaud, quantité
D'excellent grain, réunion joyeuse,
    Et, qui mieux est, sécurité.
On dormait bien, on faisait bonne chère,
    Sans la moindre appréhension;
Et, pour charmer l'ennui de la prison,
Petits oiseaux passaient le temps à faire
Après dîner la conversation.
    Chacun parlait donc à la ronde
    Et prêtait l'oreille à son tour,
    Lorsqu'on vit arriver un jour
Une alouette ayant couru le monde,
    Et qui, rendant grâce au destin
    De rencontrer un auditoire,
Prit la parole et commença l'histoire
    De sa vie en pays lointain.
Elle avait vu, si l'on voulait l'en croire,
    Les merveilles de l'univers,
    Des animaux de toute espèce,
    Maints peuples, maints climats divers,
Et des vaisseaux engloutis dans les mers,

Sans compter plus d'une prouesse
Dont elle assaisonnait le cours
D'un interminable discours.
D'abord la troupe curieuse
L'écouta bénévolement ;
Mais cette histoire merveilleuse,
N'ayant jamais de dénoûment,
Devint à la fin ennuyeuse.
Quelque temps on la supporta,
Puis chacun s'impatienta ;
On s'agita, l'on chuchota,
Et notre éternelle conteuse,
Au milieu de ce mouvement,
Parlait toujours imperturbablement.
Elle y serait encor peut-être,
Si certain moineau cavalier
Aimant son aise, et n'ayant point de maître,
Ne se fût mis tout à coup à crier :
« Eh quoi ! durant l'hiver entier,
Nous faudra-t-il prêter l'oreille
Aux longs récits d'une sotte pareille ?
Qu'elle aille aux gens de son métier,
A cailles, canards, alouettes,
Raconter toutes ces sornettes,
Et qu'elle nous laisse en repos !... »
Ce discours trouva cent échos,
Et soudain du bec et des ailes
On poursuivit la bavarde en chantant :
« Fi des langues sempiternelles
Qui vont partout, toujours parlant,
Et ne parlant jamais que d'elles ! »

L. DE JUSSIEU.

XVI

LES ENFANTS DANS LA MAISON *(extrait)*.

Laissez... tous ces enfants sont bien là. Croyez-vous
Que notre cœur n'est pas plus serein et plus doux
    Au sortir de leurs jeunes rondes ?
Le timbre de leur voix, leurs pas, leurs cris, leurs jeux
Donnent du baume au cœur et le rendent heureux.
    Venez, enfants aux têtes blondes !

Venez autour de moi, riez, chantez, courez !
Votre œil me jettera quelques rayons dorés ;
    Votre voix charmera mes heures.
Au milieu des ennuis qui rongent ici-bas,
Rien ne vaut la gaîté de vos bruyants ébats
    Pour les peines intérieures !

Venez, enfants ; à vous jardins, cours, escaliers ;
Ébranlez et planchers, et plafonds, et piliers !
    Que le jour s'achève ou renaisse,
Courez et bourdonnez comme l'abeille aux champs !
Ma joie et mon bonheur, et mon âme et mes chants
    Iront où vous irez, jeunesse !

Oui, quel que soit le monde, et l'homme, et l'avenir,
Soit qu'il faille oublier ou se ressouvenir,
    Que Dieu m'afflige ou me console,
Je ne veux habiter la cité des vivants
Que dans une maison qu'une rumeur d'enfants
    Fasse toujours vivante et folle.

                     Victor Hugo.

XVII

LE RAT ET L'HUITRE.

Un rat, hôte d'un champ, rat de peu de cervelle,
Des lares paternels un jour se trouva soûl.
Il laisse là le champ, le grain et la javelle,
Va courir le pays, abandonne son trou.
     Sitôt qu'il fut hors de sa case :
« Que le monde, dit-il, est grand et spacieux !
Voilà les Apennins, et voici le Caucase ! »
La moindre taupinée était mont à ses yeux.
Au bout de quelques jours, le voyageur arrive
En un certain canton où Thétis sur la rive
Avait laissé mainte huître ; et notre rat d'abord
Crut voir en les voyant des vaisseaux de haut bord.
« Certes, dit-il, mon père était un pauvre sire !
Il n'osait voyager, craintif au dernier point.
     Pour moi, j'ai vu le maritime empire ;
J'ai passé les déserts, mais nous n'y bûmes point. »
D'un certain magister le rat tenait ces choses,
     Et les disait à travers champs,
N'étant pas de ces rats qui, les livres rongeants,
     Se font savants jusques aux dents.
     Parmi tant d'huîtres toutes closes,
Une s'était ouverte, et bâillant au soleil,
     Par un doux zéphyr réjouie,
Humait l'air, respirait, était épanouie,
Blanche, grasse, et d'un goût, à la voir, non pareil.
D'aussi loin que le rat voit cette huître qui bâille :

« Qu'aperçois-je ? dit-il ; c'est quelque victuaille !
Et, si je ne me trompe à la couleur du mets,
Je dois faire aujourd'hui bonne chère ou jamais. »
Là-dessus, maître rat, plein de belle espérance,
Approche de l'écaille, allonge un peu le cou,
Se sent pris comme aux lacs ; car l'huître tout d'un coup
Se referme. Et voilà ce que fait l'ignorance.

Cette fable contient plus d'un enseignement :
        Nous y voyons premièrement
Que ceux qui n'ont du monde aucune expérience
Sont, aux moindres objets, frappés d'étonnement ;
        Et puis nous y pouvons apprendre
        Que tel est pris qui croyait prendre.

La Fontaine.

XVIII

LA GRAND'MÈRE.

« Dors-tu ?... réveille-toi, mère de notre mère.
D'ordinaire en dormant ta bouche remuait,
Car ton sommeil souvent ressemble à la prière ;
Mais, ce soir, on dirait la madone de pierre :
Ta lèvre est immobile, et ton souffle est muet.

« Pourquoi courber ton front plus bas que de coutume ?
Quel mal avons-nous fait pour ne plus nous chérir ?

Vois, la lampe pâlit, l'âtre scintille et fume ;
Si tu ne parles pas, le feu qui se consume,
Et ta lampe, et nous deux, nous allons tous mourir.

« Tu nous trouveras morts près de ta lampe éteinte ;
Alors que diras-tu quand tu t'éveilleras ?
Tes enfants à leur tour seront sourds à ta plainte ;
Pour nous rendre à la vie, en invoquant la sainte,
Il faudra bien longtemps nous serrer dans tes bras.

« .   .   .   .   .   .   ê   .   .   .   .
  .   .   .   .

« Oh ! montre-nous ta Bible et les belles images,
Le ciel d'or, les saints bleus, les saintes à genoux,
L'enfant Jésus, la crèche, et le bœuf et les mages ;
Fais-nous lire du doigt, dans le milieu des pages,
Un peu de ce latin qui parle à Dieu de nous.

« Mère !... hélas ! par degrés s'affaisse la lumière ;
L'ombre joyeuse danse autour du noir foyer ;
Les esprits vont peut-être entrer dans la chaumière.
Oh ! sors de ton sommeil, interromps ta prière ;
Toi qui nous rassurais, veux-tu nous effrayer ?

« Dieu ! que tes bras sont froids ! rouvre les yeux... Naguère
Tu nous parlais d'un monde où nous mènent nos pas,
Et de ciel, et de tombe, et de vie éphémère ;
Tu nous parlais de mort... Dis-nous, ô notre mère !
Qu'est-ce donc que la mort ?... tu ne nous réponds pas ? »

Leur gémissante voix longtemps se plaignit seule.
La jeune aube parut sans réveiller l'aïeule ;

La cloche frappa l'air de ses funèbres coups ;
Et, le soir, un passant, par la porte entr'ouverte,
Vit, devant le saint livre et la couche déserte,
Les deux petits enfants qui priaient à genoux.

V. Hugo.

XIX

LE CANARD.

Certain jeune canard, présomptueux et sot
  (Deux qualités qu'il n'est pas rare
  De trouver dans un même lot),
S'en allait naviguant sur le bord d'une mare.
  C'était au beau milieu d'un bois ;
  Et dans cet endroit solitaire
  Se rencontrèrent à la fois
Notre canard, un brochet son compère,
Un lièvre gravement assis sur son derrière,
  Enfin un oiseau qui, je crois,
  Était la bécasse légère.
  Le canard, voguant sur les eaux,
  S'admirait avec complaisance,
  Et, d'un air plein de suffisance,
Il regardait poissons, quadrupèdes, oiseaux,
Comme des êtres nuls, sans aucune importance,
  En un mot, comme ses vassaux.
« Vous êtes, leur dit-il, de chétifs animaux,

Bien mal lotis par la nature,
Et qui, loin de marcher ici-bas mes égaux,
Faites auprès de moi bien mesquine figure.
Il ne fallait pas moins que vos trois éléments
    Pour me faire un digne apanage :
    Je sais voler, je cours, je nage,
    Et j'ai tous les divers talents
Dont chacun d'entre vous n'a qu'un seul en partage.
    Ainsi, sans compter mon plumage,
    Ma voix et tous mes agréments,
    Je puis conclure, ce me semble,
Que je vaux à moi seul mieux que vous trois ensemble. »
    Tandis qu'il parlait sur ce ton,
    Il n'est presque besoin de dire
    Que bécasse, lièvre et poisson
    Ne purent s'empêcher de rire.
Or, voilà que, planant tout au plus haut de l'air,
    Apparaît, pour troubler leur joie,
Un énorme vautour, dont l'œil perçant et fier
Mesure la distance et désigne sa proie.
    Chacun alors, avec raison,
    Oublia tout pour songer à la fuite.
« Sauvons-nous, » dit le lièvre, et sous un gros buisson
En trois ou quatre sauts il eut trouvé son gîte.
    « Pournous, détalons au plus vite, »
Dit la bécasse. « Et nous, plongeons, » dit le poisson.
Tous trois en un clin d'œil avaient fait leur retraite,
Que le canard à peine était hors de l'étang.
    Notre présomptueuse bête
Voulut d'abord courir, et tomba sur le flanc.
    Ensuite elle se mit en tête
D'échapper en volant au redoutable oiseau;
Mais elle n'y fut pas plus leste qu'à la course,

Et tomba lourdement à l'eau.
Enfin, pour dernière ressource
Dans un aussi pressant danger,
Le malheureux canard essaya de plonger,
Tentative encore inutile :
Il se consume en vains efforts
Pour cacher tout au plus la moitié de son corps,
Cependant que d'un vol agile
Le vautour fond du haut des cieux,
Le saisit dans sa forte serre,
Et pour déjeuner, dans son aire,
L'emporte à ses petits joyeux.
On dit que, dans le cours de ce triste voyage,
Il fit la réflexion sage
Que je vais consigner ici :
« Savoir de tout en mince dose
Sert de peu, canard mon ami :
Mieux vaut savoir bien une chose,
Que d'en savoir trois à demi. »

L. DE JUSSIEU.

XX

L'HIVER.

Il faisait froid, bien froid ; les maisons étaient blanches ;
La neige à gros flocons tombait sans aucun bruit ;
De leur porte le temps avait troué les planches,
Et le vent et la neige entraient en leur réduit.

C'était un rude hiver ; cette pauvre famille
Était là, grelottante, amassée en un coin,
L'âtre noir et désert, sans bon feu qui pétille,
Sans habits chauds et doux, de tout ayant besoin.

Trois enfants, tout rougis par la vive froidure,
Pêle-mêle couchés sur un mauvais grabat,
Recouverts d'un morceau de vieille couverture,
Dormaient, malgré leurs maux, à côté d'un gros chat.

On entendait la mère à la voix désolée
Dire au père assoupi : « Que ferons-nous demain ?
On ne peut travailler, Pierre, par la gelée ;
Nous n'avons rien, tu sais, nos enfants auront faim !
Avoir deux bras si forts et n'avoir point d'ouvrage,
Cinq bouches à nourrir, sans argent et sans feu !
— Femme, tais-toi ; vois-tu, tu m'ôtes le courage.
Dormons, puis nous verrons... A la garde de Dieu ! »

Tout se tut. Et pourtant les soupirs de la mère
Se mêlaient quelquefois aux sifflements du vent ;
Mais elle sommeillait, et sa pensée amère,
Celle de tous les jours, lui venait en rêvant.

Le matin arriva ; la neige était glacée,
Couvrait tout à l'entour, ainsi qu'un beau rideau ;
Devant la porte basse elle était entassée,
Encadrait la fenêtre en un brillant cerceau...

Peut-être que le riche admirait la nature,
En soulevant la soie après un doux réveil,
Entouré de tapis et souvent de fourrure,

En la voyant si blanche et luisante au soleil.
En effet, elle était comme une fiancée
Attendant son époux, radieuse d'espoir ;
Par des rayons d'argent elle était nuancée :
Pour le riche, vraiment, elle était belle à voir ;
Mais pour le pauvre, hélas! elle était froide et dure.
En se levant aussi, la mère frissonna.
A la hâte passant son vieux jupon de bure,
Elle fut aux enfants, et sur eux s'inclina.
Son baiser du matin les réveilla sans peine ;
L'un secoua ses bras par le froid engourdis :
Cela faisait pitié ; l'autre avec son haleine
Se réchauffait les doigts enflés et tout raidis.
La mère, en les voyant, s'achemina vers l'âtre,
Et sur le foyer noir en vain elle souffla ;
Le feu s'était éteint, et la cendre blanchâtre
Dans ses deux yeux en pleurs tout à coup s'envola.

« Homme, es-tu réveillé? Comment allons-nous faire ?
Point de feu, point de bois; Seigneur, où recourir?
Mon Dieu, protégez-nous! Je t'en supplie, oh ! Pierre,
Cours en chercher un peu: les enfants vont mourir ! »
Le père se leva, le regard morne et sombre,
Sortit silencieux, tout pâle de malheur ;
La mère, en l'attendant, alors s'assit dans l'ombre,
Et puis à deux genoux pria du fond du cœur.

« Mère !... » lui dit l'aîné. La mère défaillante
Crut qu'il lui demandait un seul morceau de pain :
« Mon petit, que veux-tu?... » reprit-elle tremblante ;
Elle essuyait ses yeux en y passant la main.

« Oh ! mère, qu'il fait froid dans notre pauvre couche !
On ne peut s'échauffer, nous sommes bien transis !... »

On entendait ses dents qui claquaient dans sa bouche ;
Son visage était bleu, tous ses traits raccourcis.
La mère, en l'écoutant, avait un affreux doute :
Elle doutait de Dieu, ses enfants dans ses bras !
Elle eût donné pour eux tout son sang goutte à goutte,
Mais du feu, mais du pain, elle n'en avait pas.

Pendant ce temps, le père allait tête baissée,
Sans travail, sans savoir où trouver un appui,
Marchant sans but, tout droit, ayant l'âme affaissée.
Mendier... lui, pauvre et fier, prendre le bien d'autrui ?
Non, non ! et cependant sa femme, sa famille,
Il fallait les nourrir, rentrer avec du pain...

. . . .

Il se trouvait alors dans un bois de hauts chênes,
Sa hache sous le bras ; il s'arrête un instant :
« De ces arbres un seul, se dit-il, plus de peines !... »
Il pourra réchauffer sa femme qui l'attend ;
Il hésite, il frémit, sa volonté chancelle ;
Il tourne autour de l'arbre, et, d'un bras vigoureux,
Il l'abat à grands coups, le taille, le morcelle,
Puis il s'en va chez lui d'un pas vif et nerveux.

Un vieil homme enrichi de vols, d'agiotage,
Aujourd'hui se croyant le seigneur du village,
Parlant toujours d'honneur, toujours de probité,
De la grande forêt était propriétaire ;
Il la faisait garder, peur qu'un pauvre y touchât,
Lui, chauffé, bien nourri, tout le jour sans rien faire,
Libre d'être cruel, moyennant un contrat.

Pierre fut arrêté ; sa famille éplorée,
Hélas ! le vit chassé de sa pauvre maison.

Dompté par le malheur, seul et l'âme navrée,
Il embrassa les siens et s'en fut en prison.
L'homme riche avait dit : « Que la loi s'accomplisse ! »
La loi qui condamnait trois enfants à mourir !
Tout fut dit, car c'était au nom de la justice,
Et le riche pouvait sans remords s'endormir.

Mᵐᵉ JANVIER.

XXI

L'ENFANT AVEUGLE.

Quel est ce je ne sais qu'on appelle lumière,
Dont je ne puis jamais espérer de jouir ?
A votre pauvre enfant, dites, dites, ma mère,
La vue, est-ce bien doux ? quel en est le plaisir ?

Tout ce que vous voyez n'est pour moi que mystère.
Le soleil est brillant, il éclaire vos pas,
Je sens qu'il est bien chaud ; mais comment il éclaire,
Et fait le jour, la nuit, je ne le comprends pas.

Il est jour quand je joue, et nuit quand je sommeille ;
Si je ne dormais pas, sans cesse il serait jour.
Oh ! dites, du soleil est-ce là la merveille ?
Fait-il ainsi le jour et la nuit tour à tour ?

Je vous entends gémir, vous plaignez mon jeune âge.
Ménagez des soupirs et des pleurs superflus :
Si la vue est un bien, j'en ignore l'usage ;
On ne peut regretter que le bien qu'on n'a plus.

Le ciel à ce que j'ai borne ma jouissance ;
Ne me dérobez point ce qu'il a mis en moi.
Je suis un pauvre enfant, aveugle de naissance ;
Mais, avec ma gaîté, je chante, je suis roi !

CHATELAIN.

XXII

LE CHAT ET LE VIEUX RAT.

J'ai lu chez un conteur de fables
Qu'un second Rodilard, l'Alexandre des chats,
L'Attila, le fléau des rats,
Rendait ces derniers misérables ;
J'ai lu, dis-je, en certain auteur
Que ce chat exterminateur,
Vrai Cerbère, était craint une lieue à la ronde :
Il voulait de souris dépeupler tout le monde.
Les planches qu'on suspend sur un léger appui,
La mort aux rats, les souricières
N'étaient que jeux auprès de lui.
Comme il voit que dans leurs tanières
Les souris étaient prisonnières,

Qu'elles n'osaient sortir, qu'il avait beau chercher,
Le galant fait le mort, et du haut d'un plancher
Se pend la tête en bas : la bête scélérate
A de certains cordons se tenait par la patte.
Le peuple des souris croit que c'est châtiment,
Qu'il a fait un larcin de rôt ou de fromage,
Égratigné quelqu'un, causé quelque dommage ;
Enfin qu'on a pendu le mauvais garnement.
     Toutes, dis-je, unanimement
Se promettent de rire à son enterrement,
Mettent le nez à l'air, montrent un peu la tête,
     Puis rentrent dans leurs nids à rats,
     Puis, ressortant, font quatre pas,
     Puis enfin se mettent en quête.
     Mais voici bien d'une autre fête :
Le pendu ressuscite, et, sur ses pieds tombant,
     Attrape les plus paresseuses.
« Nous en savons plus d'un, dit-il en les gobant :
C'est tour de vieille guerre, et vos cavernes creuses
Ne vous sauveront pas, je vous en avertis ;
     Vous viendrez toutes au logis. »
Il prophétisait vrai : notre maître Mitis
Pour la seconde fois les trompe et les affine,
     Blanchit sa robe et s'enfarine,
     Et, de la sorte déguisé,
Se niche et se blottit dans une huche ouverte.
     Ce fut à lui bien avisé :
La gent trotte-menu s'en vient chercher sa perte.
Un rat, sans plus, s'abstient d'aller flairer autour :
C'était un vieux routier, il savait plus d'un tour ;
Même il avait perdu sa queue à la bataille.
« Ce bloc enfariné ne me dit rien qui vaille,
S'écria-t-il de loin au général des chats ;

Je soupçonne dessous encor quelque machine.
     Rien ne te sert d'être farine ;
Car, quand tu serais sac, je n'approcherais pas. »

C'était bien fait à lui ; j'approuve sa prudence :
     Il était expérimenté,
     Et savait que la méfiance
     Est mère de la sûreté.

La Fontaine.

XXIII

LE PATER.

A propos de *Pater*, écoutez une histoire.

Simple, pauvre d'esprit ou du moins de mémoire,
Un berger savoyard, sage et pieux garçon,
N'avait pu retenir, après mainte leçon,
En latin l'oraison dite Dominicale.
L'évêque d'Annecy, le bon François de Sale,
Eut la peine et la gloire en cet obtus esprit
De graver le *Pater*. Voici comme il s'y prit :
Sans miracle il obtint réussite complète ;
Au besoin sur vous-même essayez la recette.

« Combien dans ton troupeau comptes-tu de moutons ?
Dit le saint au berger. —Quarante. —Ont-ils des noms ?
—Non ; Bébé sert pour tous. —Fort bien, reprit l'apôtre.
Tu sais facilement distinguer l'un de l'autre ?
—Oh ! pour ça, je m'en vante, et je suis assuré,

Par la couleur, la taille, ou la tête ou la queue,
Que je les pourrais tous connaître d'une lieue,
Comme vous, monseigneur, d'avec notre curé.
— D'apprendre l'oraison j'ai trouvé la manière :
Nomme chaque mouton d'un nom de la prière ;
Ton mouton le plus gros s'appellera *Pater*.
— *Pater*, bon. — Le second, *Noster*. — *Pater*, *Noster*,
Bon. — *Qui es*, *In cœlis*, troisième et quatrième,
Et *Sanctificetur* sera pour le cinquième.
— Je ne pourrai jamais si les mots sont si longs ;
Celui-là suffirait pour deux ou trois moutons. »

Le saint très-patient, le berger très-docile,
Sortirent cependant de ce pas difficile ;
Du *Pater* à l'*Amen*, baptisant les moutons,
L'oraison fut apprise en quarante leçons.

Six mois après, le saint retrouve le berger ;
Sur le *Pater noster* il veut l'interroger.
L'écolier, pour aider sa mémoire rebelle,
Rassemble autour de lui ses moutons, qu'il appelle,
Et, pensif, l'œil ouvert et l'index en avant,
Ne ressemble pas mal à cet âne savant
Qui, la patte tendue et l'oreille baissée,
Dans un jeu va trouver une carte pensée.
« J'y suis : *Pater noster*, *in cœlis*... — Hélas! non. »
Mais l'écolier poursuit sa prière et l'achève.
« C'est fort bien, excepté le troisième mouton,
Qui es. — Oh! de *Qui es* il n'est plus question ;
Pauvre *Qui es*! reprit en larmoyant l'élève,
Vous ne savez donc pas? le loup me l'a croqué.
Depuis ce temps, *Qui es* au *Pater* a manqué. »

XXIV

LA MISÈRE.

C'était, il m'en souvient, un jour de carnaval :
On songeait au plaisir ; tout nageait dans la joie ;
De la rue, on voyait les lumières du bal,
Qui, rouges, pénétraient de grands rideaux de soie.
C'étaient fleurs et rubans, plumes qui s'agitaient,
Des ombres qui dansaient au son de la musique,
Des plateaux surchargés que des valets portaient ;
Enfin c'était vraiment comme un palais magique !
Et puis ces ris joyeux qu'on entendait au loin,
Les murmures confus des heureux de la terre.
Je m'en allais pensif, quand je vis dans un coin
Un jeune enfant tapis, en habit de misère.
Il était là, muet, couché le long d'un mur,
Regardant, comme moi, la fenêtre brillante ;
Il souffrait, pauvre enfant, car le temps était dur !
Me voyant, il tendit vers moi sa main tremblante.

« Que fais-tu là, petit, seul, à l'heure qu'il est ?
Es-tu donc égaré, bien loin de ta demeure ?
— Je demande ma vie. Oh ! donnez, s'il vous plaît !
Car ma mère m'attend qui se plaint et qui pleure !
— Et ton père ? — Ah ! monsieur, il s'est cassé le bras,
Et depuis quinze jours il est au lit, malade.
— Je vais aller chez toi ; marche, je suis tes pas. »

Alors je commençai ma triste promenade.
Nous marchâmes longtemps ; enfin il s'arrêta ;
Il leva le loquet d'une porte ébréchée.
« Entrez, monsieur, » dit-il ; de suite il ajouta :
« Prenez garde à vos pieds, car ma sœur est couchée. »
La mère demanda : « Petit-Jean, est-ce toi ?
Avec qui donc es-tu ? Tiens, voilà la résine.
— Mère, c'est un monsieur qui s'en vient avec moi. »
La pitié tout à coup vint serrer ma poitrine.

Je vis sur de la paille un enfant qui dormait :
Dans l'hiver, c'est bien froid, de la paille par terre !
Puis un homme étendu, que la fièvre animait,
Et pour seul oreiller il n'avait qu'une pierre.
Soulevant dans sa main sa tête aux longs cheveux,
On voyait à côté sa femme dépérie ;
Près d'elle, un autre enfant, entr'ouvrant de grands yeux,
Appuyait sur son sein sa figure amaigrie.

Je m'approche du lit, dur, sale et délabré.
Tant de misère là ! plus loin tant d'abondance !
Des femmes qui dansaient dans un salon doré,
Ici des malheureux vivant dans la souffrance !

.   .   .   .

.   .   .   .

Le père, à mots coupés par la fièvre et le mal,
Me dit qu'il n'avait pas d'autre espoir en ce monde
Que peut-être d'aller mourir à l'hôpital,
Tant sa misère était incroyable et profonde !
De mes plaisirs si vains je m'accusais tout bas
En l'entendant conter sa triste destinée.

« Je revenais content du prix de ma journée,
Me disait-il, monsieur, mon marteau sous le bras ;

Nous n'avions pas beaucoup, pas même de l'aisance,
Mais nous avions du pain, et nous n'avons plus rien !
Je devins alité, sans travail, sans avance :
De mes petits enfants j'étais le seul soutien,
Car ma femme était grosse, et la pauvre affligée
Une nuit accoucha, n'ayant aucun secours ;
Elle criait en vain, seule et découragée,
Son pauvre enfant mourut après quatre ou cinq jours.
Ah ! j'en bénis le ciel, tant grande était ma gêne !
C'eût été, voyez-vous, un malheureux de plus.
Petit-Jean que voilà, pour nous tirer de peine,
En ville fut mendier, timide et tout confus.
Oui, monsieur, il mendia... C'est cruel, je l'avoue :
Souvent il n'obtient rien ; les voitures parfois
Emportant les heureux l'ont tout couvert de boue.
Est-ce vivre, monsieur ? Non, c'est mourir cent fois ! »

Je ne rendrais jamais sa voix sourde et navrante,
Ni son simple récit, que morne j'écoutai,
Contemplant sa famille abattue et souffrante,
Mais souffrant moins, je crois, lorsque je la quittai.

Mme JANVIER.

XXV

L'AVEUGLE ET LE PARALYTIQUE.

Aidons-nous mutuellement,
La charge des malheurs en sera plus légère ;
Le bien que l'on fait à son frère
Pour le mal que l'on souffre est un soulagement.

Dans une ville de l'Asie
Il existait deux malheureux,
L'un perclus, l'autre aveugle, et pauvres tous les deux.
Ils demandaient au ciel de terminer leur vie ;
Mais leurs cris étaient superflus,
Ils ne pouvaient mourir. Notre paralytique,
Couché sur un grabat dans la place publique,
Souffrait sans être plaint ; il en souffrait bien plus.
L'aveugle, à qui tout pouvait nuire,
Était sans guide, sans soutien,
Sans avoir même un pauvre chien
Pour l'aimer et pour le conduire.
Un certain jour, il arriva
Que l'aveugle à tâtons, au détour d'une rue,
Près du malade se trouva ;
Il entendit ses cris, son âme fut émue.
Il n'est tel que les malheureux
Pour se plaindre les uns les autres.
« J'ai mes maux, lui dit-il, et vous avez les vôtres ;
Unissons-les, mon frère, ils seront moins affreux.

— Hélas ! dit le perclus, vous ignorez, mon frère,
      Que je ne puis faire un seul pas ;
A quoi nous servirait d'unir notre misère ?
— A quoi ? répond l'aveugle ; écoutez : à nous deux
Nous possédons le bien à chacun nécessaire ;
      J'ai des jambes, et vous des yeux ;
Moi, je vais vous porter, vous, vous serez mon guide ;
Vos yeux dirigeront mes pas mal assurés,
Mes jambes, à leur tour, iront où vous voudrez.
Ainsi, sans que jamais notre amitié décide
Qui de nous deux remplit le plus utile emploi,
Je marcherai pour vous, vous y verrez pour moi. »

Florian.

XXVI

L'AVEUGLE.

« Pauvre aveugle, où vas-tu ? reste auprès de la borne :
« La foule est trop serrée, où pourrais-tu passer ?
« Tu peux perdre ton chien, sa corde peut glisser. »

Mais le vieillard sourit d'un souris triste et morne,
Comme celui d'un cœur maudit par le destin,
Qu'une longue douleur a brisé sur la terre,
Qui sait que rien ne peut augmenter sa misère,
Et qui bat, résigné, jusqu'au bout du chemin.

Puis il me répondit : « Je vais, car le jour baisse ;
« A l'hospice Saint-Marc je dois passer la nuit.
« Il est déjà bien tard ; le chien qui me conduit
« Me montre, en m'attirant, qu'il faut que je me presse. »

Je m'y rendais aussi ; je le suivis longtemps.
Chacun le coudoyait ; sa tête chauve et nue
Parfois m'apparaissait, mais je perdis sa vue :
J'allais vite, tandis qu'il n'allait qu'à pas lents.

J'arrivai donc sans lui devant la longue allée
De l'hospice Saint-Marc, séjour des malheureux.
On leur y donne asile à tous ; jeunes et vieux
Y sont comme entassés sur la paille foulée.

De là je contemplais tant de traits abrutis,
Tant de corps déformés, de figures hideuses,
D'êtres par le malheur à jamais pervertis.
Ils riaient cependant ; leurs voix sourdes et creuses
Proféraient des propos impudents et railleurs.

Il en est que les maux ont su rendre meilleurs.
L'ambition, l'amour, toute peine morale
Agrandissent l'esprit ; mais le besoin, la faim
Font de l'homme un jouet des passions brutales ;
Et lorsque, sans rougir, il a tendu la main,
C'en est fait... Pauvre aveugle ! et toi, sans rien au monde,
Lorsqu'en tremblant ta main s'abaissa devant moi,
Je vis sur ton grand front une ride profonde
De honte et de douleur ! Aveugle, honneur à toi !

Sortant de mes pensers, je relevai la tête ;
Et l'aveugle était là, son chien sur les genoux !
Ses yeux naguère éteints éclataient de courroux,
Puis tombaient, douloureux, sur sa fidèle bête.
Un passant, par mégarde, avait tué son chien ;
Et lui n'avait rien dit, tant sa peine était grande !
Dans ce monde à présent l'aveugle n'avait rien !

Je m'approchai de lui comme ami, sans offrande ;
Je vis que le malheur était là le plus fort !
Quand je voulus parler, une larme immobile
Brillait sur son visage, et sa voix indocile
Me répétait toujours : « Je suis seul ! il est mort ! »

Mᵐᵉ JANVIER.

XXVII

L'ANON.

« Oh ! quand je serai grand, que je m'amuserai !
« Quel plaisir d'être libre et d'agir à sa tête !
        « J'irai, je viendrai, je courrai ;
« Je veux voir du pays, et je voyagerai ;
        « Tous mes jours seront jours de fête.
« Au lieu de rester là, tristement attaché,
« Et réduit à brouter dans cette étroite sphère,

« Ainsi que mon père et ma mère ,

« J'irai fièrement au marché.

« Mes paniers sur le dos, agitant ma sonnette,

« Chacun m'admirera. — Voyez-vous , dira-t-on,

« Comme il a l'oreille bien faite !

« Quel jarret ferme, et quel air de raison !

« C'est une créature en vérité parfaite ;

« Le voilà maintenant âne, et non plus ânon...

« Quel bonheur d'être grand ! Tout devient jouissance ;

« On est quelqu'un , on peut hausser le ton ;

« Ce qu'on dit a de l'importance,

« Et l'on n'est plus traité comme un petit garçon. »

Ainsi , dans sa pauvre cervelle ,

Raisonnait un jeune grison ,

Tout en broutant l'herbe nouvelle.

Le jour qu'il désirait à la fin arriva :

Il devint grand , mais il trouva

Qu'il n'avait pas bien fait son compte.

Lorsqu'il sentit les paniers sur son dos :

« Oh ! oh ! dit-il, voici de lourds fardeaux ;

« Mon allure, avec eux , ne sera pas très-prompte. »

A peine achevait-il ce mot,

Qu'un coup de fouet le force à partir au grand trot.

La chose lui parut fort dure :

Il vit bien qu'il fallait renoncer à l'espoir

De n'agir qu'à son gré du matin jusqu'au soir,

De se complaire en son allure,

Et de dire : Je veux ! à toute la nature.

« Grands, petits , pensa-t-il, ont chacun leur devoir :

« J'en ai douté dans mon enfance ;

« Mais je vois trop que, tout de bon ,

« Le courage et la patience

« Sont utiles à l'âne encor plus qu'à l'ânon. »

Moi, mes amis, je crois en somme
Que ce baudet avait raison,
Et que ce qu'il pensait peut s'appliquer à l'homme.

DE JUSSIEU.

—————

XXVIII

LE MOUSSE.

LE DÉPART.

« Du *Saint-Gildas* les matelots joyeux
        « M'ont conduit à leur capitaine ;
« Il me prend à son bord pour sa course lointaine,
        « Et sur son bord il dit qu'on est au mieux,
« Et qu'avec lui bientôt ma fortune est certaine.
« Bonheur suprême ! eh quoi ! je pourrais espérer
        « De soulager ma misère...
« Et moi j'ai dit : Je pars, et, pour ne pas pleurer,
        « Je ne veux pas revoir ma mère.
« Adieu donc, mon pays ! adieu, toit paternel !
        « Je connaîtrai d'autres rivages,
« Et je vais voyager ainsi que les nuages,
        « Ainsi que les oiseaux du ciel. »

Plein d'un naïf transport, l'imprudent s'imagine,
A ces mots, s'emparer de l'univers entier,
Et, devant l'Océan, le fils du nautonnier
        Ne dément pas son origine...

Du navire élancé sur l'abîme profond
Soudain le canon gronde, et le port lui répond.
O moment solennel ! la voile frémissante
Et s'enfle et se déploie au souffle du vent frais :
L'ancre est levée ; aux mains qui hâtent ces apprêts
Il joint, novice encor, sa main obéissante.
Affrontant, s'il le faut, tous les vents déchaînés,
   Vers des climats plus fortunés
Il vole, il part, semblable à la jeune hirondelle ;
Mais, comme elle parti, reviendra-t-il comme elle ?

  Dans sa chaumière attendu vainement,
On ne le revit pas à l'heure accoutumée.
Sa mère, que poursuit un noir pressentiment,
Sa pauvre mère, hélas ! toujours plus alarmée,
Sur le chemin désert regarde incessamment,
Va du sol au foyer, et son impatience
De l'enfant trop tardif accuse l'indolence.
C'en est fait : seule, à pied, au devant de ses pas,
Dès qu'elle arrive au port, pour elle enfin s'explique
L'affreuse vérité que son cœur ne croit pas :
A bord du *Saint-Gildas* voguant vers l'Amérique,
L'ingrat, sous d'autres cieux, fuyait son toit rustique...
Dans l'angoisse mortelle où flottent ses esprits,
Sur le sommet d'un roc elle monte, et sa vue,
Des mers à l'horizon parcourant l'étendue,
Découvre (quel objet pour ses yeux interdits !)
Le vaisseau qui s'éloigne en emportant son fils.

LE NAUFRAGE.

Quelle est la jeune voix qui se perd dans l'orage ?
C'est le cri d'un enfant, sur les flots courroucés

Seul demeuré vivant d'un nombreux équipage.
Mais le calme renaît, et, perçant le nuage,
Le soleil, de ses feux obliquement lancés,
Éclaire à son couchant les débris du naufrage :
Des câbles, des agrès rompus et fracassés...

Le mât sort à demi de la plaine écumante ;
      Car au moment de la tourmente,
Par un roc sous la vague en plongeant arrêté,
Le navire englouti sur sa quille est resté.
      Contre la mort qui te menace,
Pauvre enfant, quel refuge a pu te protéger ?
Monté sur le hunier, dans un étroit espace
Tu trouves ton salut au poste du danger !
      Des flots son œil interroge la cime ;
Il pleure, et tour à tour il appelle à grands cris,
Incertain de leur sort, ses compagnons chéris :
Aucun ne reparaît sur l'effrayant abîme.
Au loin portant sa vue en son trouble mortel,
C'est en vain qu'il implore un rayon d'espérance :
Malheureux ! il est seul dans l'étendue immense.

      « Oh ! qui voudra me secourir ?
      « Si jeune encor, faut-il mourir ?
      « Vierge qu'ici ma voix réclame,
      « Marie, espoir des matelots,
      « Ne permets pas, ô Notre-Dame,
      « Que je périsse dans les flots.

      « Je veux, à ton saint nom fidèle,
      « Sauvé des périls que je cours,
      « Dévotement, pendant neuf jours,
      « Aller prier dans ta chapelle.

« Oh! qui viendra me secourir ?
« Si jeune encor, faut-il mourir ? »

Et cependant, au fond de la Bretagne,
Sa mère alors, filant sa quenouille de lin,
Au bruit sourd du rouet que sa voix accompagne,
Chantait à la veillée un gothique refrain.
Sous ses agiles doigts le fil se rompt soudain...
Un vague effroi s'élève en son âme inquiète,
Et, songeant à son fils, elle reste muette.
Grand Dieu! ses vœux pour lui seraient-ils superflus ?
Doit-elle en croire un sinistre présage ?
Et pâle, de ses mains se couvrant le visage :
« Peut-être, a-t-elle dit, mon enfant ne vit plus! »

Ton enfant !... sans secours, privé de nourriture,
Il succombe aux maux les plus grands !
Oh! si lui-même un jour pouvait à ses parents
Raconter les horreurs de sa triste aventure !...
Parfois, dans un délire ou propice ou fatal,
Il croit de son pays natal
Aborder tout à coup la rive hospitalière ;
L'écho redit les airs du fifre pastoral,
Et sous les blancs pommiers qui couvrent sa chaumière,
Joyeux et de retour, il embrasse sa mère !...
Mais, à ses maux rendu, mille images de deuil
Ont redoublé l'effroi dont son âme est atteinte;
Sous ses pieds chancelants s'ouvre un vaste cercueil,
Et, répondant à sa voix presque éteinte,
Le fulmar, dans son vol, rase le noir écueil,
Et comme un son lugubre aux vents jette sa plainte..
La nuit fut longue. Aux clartés du matin,

Une voile blanchit à l'horizon lointain ;
La nef grandit, approche... O jeune mousse, espère !

Glissant sous l'aviron, la chaloupe légère
Lui portait des secours si longtemps attendus.
Au bruit des flots se mêle un cri mourant : « Ma mère ! »
Et l'enfant sur le mât soudain ne paraît plus.

LA CHAPELLE.

Sur ce rivage où le Breton fidèle
Chassa l'Anglais d'un sol à notre amour si cher,
Voyez-vous s'élever une simple chapelle
Au sommet du rocher que vient battre la mer ?

Là, le cœur se console et s'ouvre à l'espérance,
Et, sur un frêle esquif lorsqu'il rase les bords,
L'humble pêcheur salue, en de pieux transports,
Notre-Dame de Délivrance.

De tout temps allumé pour le navigateur,
La nuit, son phare protecteur
D'un feu pâle rougit la grève solitaire,
Et, faisant glisser sur les flots,
Comme un long sillon d'or, sa lueur tutélaire,
Rassure au loin les matelots
Qu'au milieu des rescifs aucun astre n'éclaire.

Ce rayon qui les guide apaisant leur effroi,
Médiateur propice entre elle et leur misère,
Semble dire aux nochers : Mes fils, venez à moi ;
Des malheureux je suis la mère !

.   .   .   .

Mais tandis que le jour penche vers son déclin,
Et que, pour rendre grâce à la Vierge divine,
    Un jeune enfant, parti du port voisin,
Au temple de Marie à grands pas s'achemine,
Une femme, une mère, en proie à ses douleurs,
Aux marches de l'autel se prosterne ; elle prie
Celle qui des autans enchaîne la furie
    Avec sa guirlande de fleurs.

« Secours des affligés, ô Vierge, disait-elle,
« Toi que le peuple hébreu, dans sa rage cruelle,
    « Jadis priva de ton Fils bien-aimé,
« Par tes tourments soufferts tu sais combien recèle
« Et de crainte et d'amour une âme maternelle :
« Eh bien! mon cœur aussi, de chagrin consumé,
« En faveur de mon fils te conjure et te presse.
« Vierge, pour te servir si mes soins l'ont formé,
« Puisse enfin ta bonté le rendre à ma tendresse! »

    Avec ferveur elle priait ainsi,
Et son regard voyait, de larmes obscurci,
    La douce image lui sourire,
Quand, près de succomber à son heureux délire,
Elle entend une voix s'écrier : « Me voici !
« Me voici dans tes bras! » O moment plein de charmes!
« Mon fils!!!... » En le pressant sur son cœur éperdu,
Cette mère à son fils, objet de tant d'alarmes,
Répète avec transport : « Mon fils, tu m'es rendu! »

. . . .

Et des pleurs se mêlaient à sa voix attendrie,
Et tous deux bénissaient le saint nom de Marie,
Étoile au doux rayon qu'en un péril certain

La foi du nautonnier jamais n'implore en vain,
Qui du faible toujours écoute la prière
Et rend le pauvre mousse aux baisers de sa mère.

DELCROIX.

XXIX

BERGERONNETTE.

Pauvre petit oiseau des champs,
Inconstante bergeronnette,
Qui voltiges, vive et coquette,
Et qui siffles tes jolis chants.

Bergeronnette si gentille,
Qui tournes autour du troupeau,
Par les prés sautille, sautille,
Et mire-toi dans le ruisseau.

Va, dans tes gracieux caprices,
Becqueter la pointe des fleurs,
Ou poursuivre, aux pieds des génisses,
Les mouches aux vives couleurs.

Reprends tes jeux, bergeronnette,
Bergeronnette au vol léger;
Nargue l'épervier qui te guette,
Je suis là pour te protéger.

Si haut qu'il soit, je puis l'abattre ;
Petit oiseau, chante ! et demain,
Quand je marcherai, viens t'ébattre,
Près de moi, le long du chemin.

. . . .

. . . .

C'est ton doux chant qui me console ;
Je n'ai point d'autre ami que toi.
Bergeronnette, vole, vole,
Bergeronnette, devant moi !

Ch. DOVALLE.

XXX

LES DEUX MULETS.

Deux mulets cheminaient, l'un d'avoine chargé,
    L'autre portant l'argent de la gabelle.
Celui-ci, glorieux d'une charge si belle,
N'eût voulu pour beaucoup en être soulagé.
    Il marchait d'un pas relevé
    Et faisait sonner sa sonnette,
    Quand l'ennemi se présentant,
    Comme il en voulait à l'argent,
Sur le mulet du fisc une troupe se jette,

Le saisit au frein et l'arrête.

Le mulet, en se défendant,

Se sent percer de coups ; il gémit, il soupire.

« Est-ce donc là, dit-il, ce qu'on m'avait promis ?

Ce mulet qui me suit du danger se retire,

Et moi j'y tombe et je péris !

— Ami, lui dit son camarade,

Il n'est pas toujours bon d'avoir un haut emploi :

Si tu n'avais servi qu'un meunier, comme moi,

Tu ne serais pas si malade. »

LA FONTAINE.

XXXI

LE CHASSEUR DES ALPES.

« Que j'abhorre, mon fils, tes projets intrépides !

Tu vas donc confier tes destins aux forêts ?

Tu veux suivre un chamois en ses élans rapides ;

Tu veux le percer de tes traits !

« Tu ne guideras plus en nos plaines fleuries

Le troupeau caressant de ces jeunes agneaux

Qui, sous tes yeux, paissaient les herbes des prairies

Et bondissaient au bord des eaux.

« Tu dédaignes ces fleurs par ta main cultivées,

Qui croissaient pour parer les fêtes du printemps,

Qui te charmaient hier, qui, de tes soins privées,

Ne vivront plus que peu d'instants !

« Les routes de ces monts ne te sont point connues ;
Des abîmes nombreux s'y cachent sous les pas !
Ces neiges que tu vois s'élever sur les nues
    Tombent et portent le trépas !

« Reste, reste, mon fils, reste auprès de ta mère,
Du déclin de mes jours ô toi l'unique espoir !
C'est parmi ces glaciers qu'a disparu ton père ;
    Je crains de ne plus te revoir ! »

Ainsi de Val-Rosa parlait une habitante ;
Ses baisers se mêlaient à ce touchant discours.
Mais d'un torrent fougueux c'est en vain que l'on tente
    D'arrêter le rapide cours.

L'impétueux chasseur méprise ses alarmes ;
Il part en lui disant : « Je reviendrai ce soir. »
Pour le suivre longtemps de ses yeux pleins de larmes,
    Sur un roc elle va s'asseoir.

D'un vieux chêne noirci par les feux de l'orage,
Un corbeau de son fils lui prédit le trépas ;
Cet aspect lui ravit un reste de courage :
    L'oiseau sinistre ne ment pas !

Le jour tombe ; elle crie, inquiète, éperdue :
« Mon fils !.. » A ses regards il ne vient pas s'offrir !
L'aurore la trouva sur la terre étendue :
    Elle avait cessé de souffrir !

On conte que depuis, au bord du précipice,
Alors que de sa vie il dédaigne le soin,
Le chasseur voit parfois un fantôme propice
    Qui lui dit : « Ne va pas plus loin ! »

        D'ANGLEMONT.

XXXII

LA LAITIÈRE ET LE POT AU LAIT.

Perrette, sur sa tête ayant un pot au lait
    Bien posé sur un coussinet,
Prétendait arriver sans encombre à la ville.
Légère et court-vêtue, elle allait à grands pas,
Ayant mis ce jour-là, pour être plus agile,
    Cotillon simple et souliers plats.
    Notre laitière, ainsi troussée,
    Comptait déjà dans sa pensée
Tout le prix de son lait, en employait l'argent,
Achetait un cent d'œufs, faisait triple couvée ;
La chose allait à bien par son soin diligent.
    « Il m'est, disait-elle, facile
D'élever des poulets autour de ma maison ;
    Le renard sera bien habile
S'il ne m'en laisse assez pour avoir un cochon.
Le porc à s'engraisser coûtera peu de son :
Il était, quand je l'eus, de grosseur raisonnable ;

J'aurai, le revendant, de l'argent bel et bon.
Et qui m'empêchera de mettre en mon étable,
Vu le prix dont il est, une vache et son veau,
Que je verrai sauter au milieu du troupeau? »
Perrette là-dessus saute aussi, transportée ;
Le lait tombe : adieu veau, vache, cochon, couvée.
La dame de ces biens, quittant d'un œil marri
      Sa fortune ainsi répandue,
      Va s'excuser à son mari,
      En grand danger d'être battue.
      Le récit en farce en fut fait ;
      On l'appela le Pot au lait.

La Fontaine.

XXXIII

ROSE MYSTIQUE.

O jeune rose épanouie
Près du tabernacle immortel,
Vierge pure, tendre Marie,
Douce fleur des jardins du ciel !
O toi qui sais parfumer l'âme
Mieux que la myrrhe et le cinname
Et l'encens même du saint lieu !
O toi dont la grâce est l'empire,
Toi qui ramènes d'un doux sourire
Le pardon aux lèvres de Dieu !

Mère du Christ, reine de l'ange,
Oh ! laisse tomber jusqu'à nous
Cette auréole sans mélange
Que nous demandons à genoux,
Cette lumière intérieure
Qui fait que la vie est meilleure
Et le poids du siècle moins lourd,
Lumière féconde en délice,
Où le cœur boit à plein calice
Les ivresses du pur amour !

Rends à l'exilé qui t'implore
Un ciel plus calme, un jour plus beau,
Et comme un reflet de l'aurore
Qui souriait à son berceau ;
Rends à l'orpheline égarée
Un peu de cette paix sacrée,
Trésor d'en haut qu'elle n'a plus ;
Adoucis le fiel de ses larmes,
Et dans un songe plein de charmes
Fais-lui voir ceux qu'elle a perdus.

Et puis, sur cette route amère
Où Dieu sème tant de combats,
S'il était une pauvre mère
Dont le seul fils ne revînt pas,
Soutiens dans sa longue détresse,
Soutiens l'enfant de sa tendresse
Qui marche avec peine et lenteur ;
Vierge sainte, Vierge divine,
Ne laisse pas croître l'épine
Dans le sentier du voyageur.

Hélas ! il est tant d'amertume ,
Tant de douleurs à consoler ,
Tant d'êtres qu'un chagrin consume
Et qui n'osent le révéler !
Leur existence est si troublée,
Que la pierre du mausolée
Brille à leurs yeux comme le port ,
Et que , vaincus par la tempête ,
Ils ne veulent poser la tête
Qué sur l'oreiller de la mort.

O Vierge, écoute leur prière ;
Sois indulgente et souris-leur ;
N'abandonne pas sur la terre
Ces déshérités du bonheur ;
Sois leur appui , sois leur patronne ;
Que ton bras sûr les environne
Et défende leur doux sommeil ;
Relève , relève , ô Marie ,
Chaque fleur mourante et flétrie
Qui n'a point de place au soleil.

Et nous qu'un regret suit encore ,
Quand nous te supplions bien bas
Au nom de ce Christ qu'on adore
Et que tu berças dans tes bras ,
O Vierge , ô toi qu'un regret touche ,
Laisse descendre de ta bouche
Un langage délicieux ;
O rose , entr'ouvre tes corolles ,
Et tes parfums et tes paroles
Nous feront respirer les cieux !

XXXIV

LE LABOUREUR IMPRÉVOYANT.

Un jeune laboureur (il avait nom Colin),
Ayant lu quelque part, en allant à la ville,
Qu'il est bon de mêler l'agréable à l'utile,
Résolut d'essayer la chose un beau matin.

Colin aimait les fleurs ; il crut faire merveille
De semer des bluets dans son champ de froment.
« J'aurai tout à la fois, disait-il gravement,
« Des fleurs et des épis pour remplir ma corbeille.

« J'y pourrai joindre encor des graines de pavots :
« J'ai souvent admiré leur couleur éclatante ;
« Si la froide saison ne trompe mon attente,
« Je dois être amplement payé de mes travaux. »

Cela dit, dans le champ il sème à l'aventure
Plus de fleurs que de blé ; puis il vient chaque jour
Admirer leurs progrès, implorer le retour
De l'astre qui féconde et pare la nature.

Tout répondit aux vœux du jeune agriculteur :
L'azur, le pourpre et l'or, d'une teinte légère,
Émaillèrent son champ, que la jeune bergère
Saluait en passant d'un sourire flatteur.

Mais les fleurs n'ont qu'un jour. Déjà des jeunes filles
Les folâtres essaims, les joyeuses chansons,
Annoncent au hameau le retour des moissons;
Déjà l'épi doré tombe sous les faucilles.

La récolte fut bonne, et Colin, dès le soir,
Accourut vers son champ. Hélas! folle espérance!
Les fleurs avaient des blés étouffé la semence;
Pas un grain de froment! jugez quel désespoir.

Colin en fut malade, on le croira sans doute;
Mais ne trouvez-vous pas qu'il méritait son sort?
Donner trop au plaisir, hélas! c'est un grand tort:
Le temps fuit, et plus tard on sait ce qu'il en coûte.

COIGNET.

XXXV

SUR LA NAISSANCE D'UN ENFANT.

Petit enfant jeté sur cette terre,
Ame d'un jour ignorante et sans voix,
Te voilà donc soumis à cette guerre
Où la vertu succombe tant de fois!
Déjà ton père et ta mère en alarme
Ont soupiré craintifs en t'embrassant;

Et moi de loin je te donne une larme,
    Petit enfant !

Mais ton regard est le regard d'un ange,
Ton jeune cœur est innocent et pur ;
Tu passeras en ce monde de fange
Sans y souiller ton vêtement d'azur.
Contre l'erreur d'une folie amère,
Oh ! prends courage ; un charme te défend :
C'est la douceur du baiser de ta mère,
    Petit enfant !

Peut-être es-tu la colombe bénie
Disant aux tiens : Dieu vous sourit encor ;
Je suis le fruit de la grâce infinie
Dont le Seigneur vous verse le trésor.
Oh ! oui, tu viens comme vient l'hirondelle
Lorsque l'hiver murmure en nous quittant ;
Je vois l'espoir arriver sur ton aile,
    Petit enfant !

                                   H. VIOLEAU.

XXXVI

LE CHÊNE ET LE ROSEAU.

Le chêne un jour dit au roseau :
« Vous avez bien sujet d'accuser la nature :
« Un roitelet pour vous est un pesant fardeau ;

« Le moindre vent qui d'aventure

« Fait rider la face de l'eau

« Vous oblige à baisser la tête ;

« Cependant que mon front au Caucase pareil,

« Non content d'arrêter les rayons du soleil,

« Brave l'effort de la tempête.

« Tout vous est aquilon, tout me semble zéphyr.

« Encor si vous naissiez à l'abri du feuillage

« Dont je couvre le voisinage,

« Vous n'auriez pas tant à souffrir :

« Je vous défendrais de l'orage ;

« Mais vous naissez le plus souvent

« Sur les humides bords des royaumes du vent.

« La nature envers vous me semble bien injuste.

« — Votre compassion, lui répondit l'arbuste,

« Part d'un bon naturel ; mais quittez ce souci.

« Les vents me sont moins qu'à vous redoutables :

« Je plie et ne romps pas. Vous avez jusqu'ici

« Contre leurs coups épouvantables

« Résisté sans courber le dos ;

« Mais attendons la fin. » Comme il disait ces mots,

Du bout de l'horizon accourt avec furie

Le plus terrible des enfants

Que le nord eût portés jusque là dans ses flancs.

L'arbre tient bon, le roseau plie ;

Le vent redouble ses efforts,

Et fait si bien qu'il déracine

Celui de qui la tête au ciel était voisine

Et dont les pieds touchaient à l'empire des morts.

LA FONTAINE.

XXXVII

LE PRISONNIER.

Hirondelle gentille,
Voltigeant à la grille
　　Du cachot noir,
Vole, vole sans crainte :
Au bord de cette enceinte
　　J'aime à te voir,

Légère, aérienne,
Dans ta robe d'ébène,
　　Lorsque le vent
Soulève sous ta plume ,
Comme un flocon d'écume ,
　　Ton corset blanc.

D'où viens-tu? qui t'envoie
Porter si douce joie
　　Au condamné?
O riante compagne ,
Viens-tu de la montagne
　　Où je suis né?

Viens-tu de la patrie
Éloignée et chérie
　　Du prisonnier?
Fée aux luisantes ailes,
Conte-moi des nouvelles
　　Du vieux foyer.

Dis-moi s'il est encore
Un endroit où l'aurore,
   Fille des airs,
Se mire aux larmes blanches
Qui dorment sur les branches
   Des sapins verts.

Oh! dis-moi si la mousse
Est toujours aussi douce,
   Et si parfois,
Au milieu du silence,
Le son du cor s'élance
   Du fond d'un bois;

Si quelque ombre de femme,
Pensive comme une âme,
   Ne s'en vient plus
Prier à la chapelle
Lorsque la cloche appelle
   A l'Angélus.

Dis-moi si l'homme espère
Encor sur cette terre
   Quelques beaux jours;
Si la blanche aubépine
Au haut de la colline
   Fleurit toujours.

. . . .

. . . .

Il pleut; la nue est sombre;
Le vent souffle dans l'ombre

De la prison.
Hélas ! pauvre petite,
As-tu froid ? entre vite
Au noir donjon.

Tu t'envoles ! J'y songe,
C'est que tout est mensonge,
Espoir heurté !
Il n'est dans cette vie
Qu'un bien digne d'envie,
La liberté !

XXXVIII

J'ai révélé mon âme au Dieu de l'innocence ;
Il a vu mes pleurs pénitents,
Il guérit mes remords, il m'arme de constance :
Les malheureux sont ses enfants.

Des ennemis jaloux ont dit dans leur colère :
« Qu'il meure, et sa gloire avec lui ! »
Mais à mon cœur calmé le Seigneur dit en père :
« Leur haine sera ton appui.

« J'éveillerai pour toi la pitié, la justice
« De l'incorruptible avenir ;
« Et l'on verra survivre à leur lâche artifice
« L'honneur qu'ils pensaient te ravir. »

Soyez béni, mon Dieu, vous qui daignez me rendre
　　L'innocence et son noble orgueil,
Vous qui, pour protéger le repos de ma cendre,
　　Veillerez près de mon cercueil !

Au banquet de la vie, infortuné convive,
　　J'apparus un jour, et je meurs ;
Je meurs, et sur ma tombe, où lentement j'arrive,
　　Nul ne viendra verser des pleurs.

Salut, champs que j'aimais, et vous, douce verdure,
　　Et vous, frais ombrages des bois !
Ciel, pavillon de l'homme, admirable nature,
　　Salut pour la dernière fois !

Ah ! puissent voir longtemps votre beauté sacrée
　　Tant d'amis sourds à mes adieux !
Qu'ils meurent pleins de jours, que leur mort soit pleurée,
　　Qu'un ami leur ferme les yeux !

GILBERT.

XXXIX

LE FROMAGE.

Deux chats avaient pris un fromage,
Et tous deux à l'aubaine avaient un droit égal.
Dispute entre eux pour le partage.

Qui le fera ? Nul n'est assez loyal :
Beaucoup de gourmandise et peu de conscience ;
Témoin leur propre fait, le fromage volé.
    Ils veulent donc qu'à l'audience
Dame Justice entre eux vide le démêlé.
Un singe, maître clerc du bailli du village,
    Et que pour lui-même on prenait
Quand il mettait parfois sa robe et son bonnet,
Parut à nos deux chats tout un aréopage.
Par devant dom Bertrand le fromage est porté.
    Bertrand s'assied, prend la balance,
    Tousse, crache, impose silence,
    Fait deux parts avec gravité,
En charge les bassins, puis, cherchant l'équilibre :
    « Pesons, dit-il, d'un esprit libre,
D'une main circonspecte, avec toute équité.
    Çà, celle-ci me paraît trop pesante. »
Il en mange un morceau ; l'autre pèse à son tour :
Nouveau morceau mangé par raison du plus lourd.
Un des bassins n'a plus qu'une légère pente :
« Bon, nous voilà contents ; donnez, disent les chats.
— Si vous êtes contents, Justice ne l'est pas,
    Leur dit Bertrand. Race ignorante,
    Croyez-vous donc qu'on se contente
De passer, comme vous, les choses au gros sas ? »
    Et, ce disant, monseigneur se tourmente
    A manger toujours l'excédant ;
Par équité toujours donnant un coup de dent,
De scrupule en scrupule avançait le fromage.
    Nos plaideurs enfin, las des frais,
    Veulent le reste sans partage.
« Tout beau ! leur dit Bertrand ; soyez hors de procès,
Mais le reste, messieurs, m'appartient comme épice :

A nous autres aussi nous nous devons justice.
Allez en paix, et rendez grâce aux dieux. »
Le bailli n'eût pas jugé mieux.

LA MOTTE-HOUDART.

XL

LA FEUILLE DU CHÊNE.

Reposons-nous sous la feuille du chêne.

Je vous dirai l'histoire qu'autrefois,
En revenant de la cité prochaine,
Mon père, un soir, me conta dans les bois
(O mes amis, que Dieu vous garde un père !
Le mien n'est plus) : De la terre étrangère,
Seul dans la nuit, et pâle de frayeur,
S'en revenait un riche voyageur.

Reposons-nous sous la feuille du chêne.

Un meurtrier sort du taillis voisin.
O voyageur ! ta perte est trop certaine ;
Ta femme est veuve, et ton fils orphelin.
« Traître ! a-t-il dit, nous sommes seuls dans l'ombre,
Mais près de nous vois-tu ce chêne sombre ?

Il est témoin : au tribunal vengeur
Il redira la mort du voyageur ! »

Reposons-nous sous la feuille du chêne.

Le meurtrier dépouilla l'inconnu ;
Il emporta dans sa maison lointaine
Cet or sanglant, par le crime obtenu.
Près d'une épouse industrieuse et sage,
Il oublia le chêne et son feuillage ;
Et, seulement une fois, la rougeur
Couvrit ses traits au nom du voyageur.

Reposons-nous sous la feuille du chêne.

Un jour enfin, assis tranquillement
Sous la ramée, au bord d'une fontaine,
Il s'abreuvait d'un laitage écumant.
Soudain le vent fraîchit ; avant l'automne,
Au sein des airs la feuille tourbillonne ;
Sur le laitage elle tombe... O terreur !
C'était ta feuille, arbre du voyageur !

Reposons-nous sous la feuille du chêne.

Le meurtrier devint pâle et tremblant :
La verte feuille, et la claire fontaine,
Et le lait pur, tout lui parut sanglant.
Il se trahit, on l'écoute, on l'enchaîne ;
Devant le juge en tumulte on l'entraîne :
Tout se révèle, et l'échafaud vengeur
Apaise enfin le sang du voyageur.

Reposons-nous sous la feuille du chêne.

MILLEVOYE.

XLI

LE MONTAGNARD ÉMIGRÉ.

Combien j'ai douce souvenance
Du joli lieu de ma naissance !
Ma sœur, qu'ils étaient beaux les jours
      De France !
O mon pays, sois mes amours
      Toujours !

Te souvient-il que notre mère,
Au foyer de notre chaumière,
Nous pressait sur son sein joyeux,
      Ma chère,
Et nous baisions ses blancs cheveux
      Tous deux ?

Ma sœur, te souvient-il encore
Du château que baigne la Dore,
Et de cette tant vieille tour
      Du Maure,
Où l'airain sonnait le retour
      Du jour ?

Te souvient-il du lac tranquille
Qu'effleurait l'hirondelle agile,
Du vent qui courbait le roseau
      Mobile,
Et du soleil couchant sous l'eau,
      Si beau ?

Oh ! qui me rendra mon Hélène,
Et ma montagne, et le grand chêne ?
Leur souvenir fait tous les jours
    Ma peine.
Mon pays sera mes amours
    Toujours.

De Chateaubriand.

XLII

L'ALOUETTE ET SES PETITS, AVEC LE MAITRE D'UN CHAMP.

Les alouettes font leur nid
Dans les blés quand ils sont en herbe,
C'est-à-dire environ le temps
Que tout aime et que tout pullule dans le monde,
Monstres marins au fond de l'onde,
Tigres dans les forêts, alouettes aux champs.
Une pourtant de ces dernières
Avait laissé passer la moitié d'un printemps
Sans goûter les plaisirs des amours printanières.
A toute force enfin elle se résolut
D'imiter la nature et d'être mère encore.
Elle bâtit un nid, pond, couve et fait éclore
A la hâte ; le tout alla du mieux qu'il put.

Les blés d'alentour mûrs avant que la nitée
 Se trouvât assez forte encor
 Pour voler et prendre l'essor,
De mille soins divers l'alouette agitée
S'en va chercher pâture, avertit ses enfants
D'être toujours au guet et faire sentinelle.
 « Si le possesseur de ces champs
Vient avecque son fils, comme il viendra, dit-elle,
 Écoutez bien : selon ce qu'il dira,
 Chacun de nous décampera. »
Sitôt que l'alouette eut quitté sa famille,
Le possesseur du champ vient avecque son fils :
« Ces blés sont mûrs, dit-il, allez chez nos amis
Les prier que chacun, apportant sa faucille,
Nous vienne aider demain dès la pointe du jour. »
 Notre alouette de retour
 Trouve en alarme sa couvée.
L'un commence : « Il a dit que, l'aurore levée,
L'on fît venir demain ses amis pour l'aider.
— S'il n'a dit que cela, repartit l'alouette,
Rien ne nous presse encor de changer de retraite ;
Mais c'est demain qu'il faut tout de bon écouter.
Cependant soyez gais : voilà de quoi manger. »
Eux repus, tout s'endort, les petits et la mère.
L'aube du jour arrive, et d'amis point du tout.
L'alouette à l'essor, le maître s'en vient faire
 Sa ronde, ainsi qu'à l'ordinaire.
« Ces blés ne devraient pas, dit-il, être debout.
Nos amis ont grand tort, et tort qui se repose
Sur de tels paresseux, à servir aussi lents.
 Mon fils, allez chez nos parents
 Les prier de la même chose. »
L'épouvante est au nid plus forte que jamais.

 13.

« Il a dit ses parents, mère ; c'est à cette heure...
       — Non, mes enfants, dormez en paix :
       Ne bougeons de notre demeure. »
L'alouette eut raison, car personne ne vint.
Pour la troisième fois le maître se souvint
De visiter ses blés. « Notre erreur est extrême,
Dit-il, de nous attendre à d'autres gens que nous.
Il n'est meilleur ami ni parent que soi-même :
Retenez bien cela, mon fils. Et savez-vous
Ce qu'il faut faire ? Il faut qu'avec notre famille
Nous prenions dès demain chacun une faucille :
C'est là notre plus court ; et nous achèverons
       Notre moisson quand nous pourrons. »
Dès lors que ce dessein fut su de l'alouette :
« C'est ce coup qu'il est bon de partir, mes enfants ! »
       Et les petits en même temps,
         Voletants, se culbutants,
       Délogèrent tous sans trompette.

                La Fontaine.

XLIII

UNE PROMENADE DE FÉNELON.

Un jour, loin de la ville ayant longtemps erré,
Il arrive aux confins d'un hameau retiré,
Et sous un toit de chaume, indigente demeure,

La pitié le conduit ; une famille y pleure.
Il entre ; et, sur le champ faisant place au respect,
La douleur un moment se tait à son aspect.
« O ciel ! c'est Monseigneur ! » On se lève, on s'empresse ;
Il voit avec plaisir éclater leur tendresse.

« Qu'avez-vous, mes enfants ? D'où naît votre chagrin ?
Ne puis-je le calmer ? Versez-le dans mon sein :
Je n'abuserai point de votre confiance. »
On s'enhardit alors, et la mère commence :
« Pardonnez, Monseigneur, mais vous n'y pouvez rien ;
Ce que nous regrettons, c'était tout notre bien.
Nous n'avions qu'une vache ! hélas ! elle est perdue ;
Depuis trois jours entiers nous ne l'avons point vue.
Notre pauvre Brunon ! nous l'attendons en vain !...
Les loups l'auront mangée, et nous mourrons de faim.
Peut-il être un malheur au nôtre comparable ?
— Ce malheur, mes amis, est-il irréparable ?
Dit le prélat ; et moi, ne puis-je vous offrir,
Touché de vos regrets, de quoi les adoucir ?
En place de Brunon, si j'en trouvais une autre ?
— L'aimerions-nous autant que nous aimions la nôtre ?
Pour oublier Brunon, il faudra bien du temps !
Eh ! comment l'oublier ? Ni nous, ni nos enfants,
Nous ne serons ingrats... c'était notre nourrice !
Nous l'avions achetée étant encor génisse !
Son poil était si beau, d'une couleur si noire !
Trois marques seulement, plus blanches que l'ivoire,
Ornaient son large front et ses pieds de devant.
Avec mon petit Claude elle jouait souvent ;
Il montait sur son dos, elle le laissait faire !
Je riais... à présent nous pleurons, au contraire !

Non, Monseigneur, jamais, il n'y faut pas penser,
Une autre ne pourra chez nous la remplacer. »

Fénelon écoutait cette plainte naïve ;
Mais, pendant l'entretien, bientôt le soir arrive :
Quand on est occupé de sujets importants,
On ne s'aperçoit pas de la fuite du temps.
Il promet, en partant, de revoir la famille.
« Ah ! Monseigneur, lui dit la plus petite fille,
Si vous vouliez pour nous la demander à Dieu,
Nous la retrouverions. — Ne pleurez plus. Adieu. »

Il reprend son chemin, il reprend ses pensées,
Achève en son esprit des pages commencées ;
Il marche ; mais déjà l'ombre croît, le jour fuit ;
Ce reste de clarté qui devance la nuit
Guide encore ses pas à travers les prairies,
Et le calme du soir nourrit ses rêveries.

Tout à coup à ses yeux un objet s'est montré ;
Il regarde, il croit voir, il distingue en un pré,
Seule, errante et sans guide, une vache... C'est celle
Dont on lui fit tantôt un portrait si fidèle ;
Il ne peut s'y tromper !... Et soudain, empressé,
Il court dans l'herbe humide, il franchit un fossé,
Arrive haletant ; et Brunon, complaisante,
Loin de s'enfuir, vers lui s'avance et se présente ;
Lui-même, satisfait, la flatte de la main.

Mais que faire ? Va-t-il poursuivre son chemin,
Retourner sur ses pas pour regagner la ville ?
Déjà, pour revenir, il a fait plus d'un mille.

« Ils l'auront dès ce soir, dit-il, et, par mes soins,
Elle leur coûtera quelques larmes de moins. »

Il saisit, à ces mots, la corde qu'elle traîne,
Et, marchant lentement, derrière lui l'emmène.

Venez, mortels si fiers d'un vain et mince éclat ;
Voyez, en ce moment, ce digne et saint prélat,
Que son nom, son génie et son titre décore,
Mais que tant de bonté relève plus encore !
Ce qui fait votre orgueil vaut-il un trait si beau ?
Le voila, fatigué, de retour au hameau.
Hélas ! à la clarté d'une faible lumière,
On veille, on pleure encor dans la triste chaumière ;
Il arrive à la porte : « Ouvrez-moi, mes enfants,
Ouvrez-moi ; c'est Brunon, Brunon que je vous rends. »

On accourt. O surprise ! ô joie ! ô doux spectacle !
La fille croit que Dieu fait pour eux un miracle :
« Ce n'est point Monseigneur, c'est un ange des cieux
Qui, sous ses traits chéris, se présente à nos yeux ;
Pour nous faire plaisir, il a pris sa figure.
Aussi je n'ai pas peur... oh ! non, je vous assure,
Bon ange ! » En ce moment, de leurs larmes noyés,
Père, mère, enfants, tous sont tombés à ses pieds.
« Levez-vous, mes amis... Mais quelle erreur étrange !
Je suis votre archevêque, et ne suis point un ange.
J'ai retrouvé Brunon, et, pour vous consoler,
Je revenais vers vous ; que n'ai-je pu voler !
Reprenez-la ; je suis heureux de vous la rendre.
— Quoi ! tant de peine ! ô ciel ! vous avez pu la prendre,
Et vous-même !... » Il reçoit leurs respects, leur amour.
Mais il faut bien aussi que Brunon ait son tour.

On lui parle : « C'est donc ainsi que tu nous laisses !...
Mais te voilà. » Je donne à penser les caresses !...
Brunon paraît sensible à l'accueil qu'on lui fait.

. . . .

« Il faut, dit Fénelon, que je reparte encore :
A peine dans Cambrai serai-je avant l'aurore ;
Je crains d'inquiéter mes amis, ma maison.
— Oui, dit le villageois, oui, vous avez raison :
On pleurerait ailleurs quand vous séchez nos larmes !
Vous êtes tant aimé ! Prévenez leurs alarmes.
Mais comment retourner ? car vous êtes bien las !
Monseigneur, permettez, nous vous offrons nos bras ;
Oui, sans vous fatiguer, vous ferez le voyage. »
D'un peuplier voisin on abat le branchage.
Mais le bruit au hameau s'est déjà répandu :
« Monseigneur est ici ! » Chacun est accouru ;
Chacun veut le servir. De bois et de ramée
Une civière agreste aussitôt est formée,
Qu'on tapisse partout de fleurs, d'herbages frais.
Des branches au dessus s'arrondissent en dais.
Le bon prélat s'y place, et mille cris de joie
Volent au loin ; l'écho les double et les renvoie.
Il part ; tout le hameau l'environne, le suit ;
La clarté des flambeaux brille à travers la nuit ;
Le cortége bruyant, qu'égaie un chant rustique,
Marche... Honneurs innocents et gloire pacifique !
Ainsi par leur amour Fénelon escorté
Jusque dans son palais en triomphe est porté.

ANDRIEUX.

XLIV

LA PAUVRE FILLE.

J'ai fui ce pénible sommeil
Qu'aucun songe heureux n'accompagne ;
J'ai devancé sur la montagne
Les premiers rayons du soleil.

S'éveillant avec la nature,
Le jeune oiseau chantait sur l'aubépine en fleurs ;
Sa mère lui portait la douce nourriture...
    Mes yeux se sont mouillés de pleurs.
    Oh ! pourquoi n'ai-je pas de mère ?
Pourquoi ne suis-je pas semblable au jeune oiseau,
Dont le nid se balance aux branches de l'ormeau ?
    Rien ne m'appartient sur la terre,
    Je n'ai pas même de berceau,
Et je suis un enfant trouvé sur une pierre,
    Devant l'église du hameau.

    Loin de mes parents exilée,
De leurs embrassements j'ignore la douceur ;
    Et les enfants de la vallée
    Ne m'appellent jamais leur sœur !
Je ne partage pas les jeux de la veillée ;
    Jamais, sous un toit de feuillée,
Le joyeux laboureur ne m'invite à m'asseoir,

Et de loin je vois sa famille,
Autour du sarment qui pétille,
Chercher sur ses genoux les caresses du soir.
Vers la chapelle hospitalière,
En pleurant j'adresse mes pas,
La seule demeure ici-bas
Où je ne sois pas étrangère,
La seule devant moi qui ne se ferme pas !

Souvent je contemple la pierre
Où commencèrent mes douleurs;
J'y cherche la trace des pleurs
Qu'en m'y laissant, peut-être y répandit ma mère.

Souvent aussi mes pas errants
Parcourent des tombeaux l'asile solitaire ;
Mais pour moi les tombeaux sont tous indifférents :
La pauvre fille est sans parents,
Au milieu des cercueils ainsi que sur la terre !

J'ai pleuré quatorze printemps
Loin des bras qui m'ont repoussée ;
Reviens, ma mère, je t'attends
Sur la pierre où tu m'as laissée.

SOUMET.

XLV

LE CORBEAU, LA GAZELLE, LA TORTUE
ET LE RAT.

La gazelle, le rat, le corbeau, la tortue,
Vivaient ensemble unis : douce société !
Le choix d'une demeure aux humains inconnue
    Assurait leur félicité.
Mais quoi ! l'homme découvre enfin toutes retraites.
    Soyez au milieu des déserts,
    Au fond des eaux, au haut des airs,
Vous n'éviterez point ses embûches secrètes.
La gazelle s'allait ébattre innocemment,
    Quand un chien, maudit instrument
    Du plaisir barbare des hommes,
Vint sur l'herbe éventer les traces de ses pas.
Elle fuit. Et le rat, à l'heure du repas,
Dit aux amis restants : « D'où vient que nous ne sommes
    Aujourd'hui que trois conviés ?
La gazelle déjà nous a-t-elle oubliés ? »
    A ces paroles, la tortue
    S'écrie, et dit : « Ah ! si j'étais,
    Comme un corbeau, d'ailes pourvue,
    Tout de ce pas je m'en irais
    Apprendre au moins quelle contrée,
    Quel accident tient arrêtée
    Notre compagne au pied léger ;
Car, à l'égard du cœur, il en faut mieux juger. »

Le corbeau part à tire d'aile :
Il aperçoit de loin l'imprudente gazelle
        Prise au piége et se tourmentant.
Il retourne avertir les autres à l'instant ;
Car, de lui demander quand, pourquoi, ni comment
        Ce malheur est tombé sur elle,
Et perdre en vains discours cet utile moment,
        Comme eût fait un maître d'école,
        Il avait trop de jugement.
        Le corbeau donc vole et revole.
        Sur son rapport, les trois amis
        Tiennent conseil. Deux sont d'avis
        De se transporter sans remise
        Aux lieux où la gazelle est prise.
« L'autre, dit le corbeau, gardera le logis :
Avec son marcher lent quand arriverait-elle ?
        Après la mort de la gazelle. »
Ces mots à peine dits, ils s'en vont secourir
        Leur chère et fidèle compagne,
        Pauvre chevrette de montagne.
        La tortue y voulut courir :
        La voilà comme eux en campagne,
Maudissant ses pieds courts avec juste raison
Et la nécessité de porter sa maison.
Rongemaille (le rat eut à bon droit ce nom)
Coupe les nœuds du lacs : on peut penser la joie.
Le chasseur vient, et dit : « Qui m'a ravi ma proie ? »
Rongemaille, à ces mots, se retire en un trou,
Le corbeau sur un arbre, en un bois la gazelle,
        Et le chasseur, à demi fou
        De n'en avoir nulle nouvelle,
Aperçoit la tortue, et retient son courroux.
        « D'où vient, dit-il, que je m'effraie ?

Je veux qu'à mon souper celle-ci me défraie. »
Il la mit dans son sac. Elle eût payé pour tous,
Si le corbeau n'en eût averti la chevrette.
     Celle-ci, quittant sa retraite,
Contrefait la boiteuse, et vient se présenter.
     L'homme de suivre et de jeter
Tout ce qui lui pesait : si bien que Rongemaille
Autour des nœuds du sac tant opère et travaille,
     Qu'il délivre encor l'autre sœur,
Sur qui s'était fondé le souper du chasseur.

LA FONTAINE.

XLVI

PRIÈRE DU MOUSSE.

L'enfant est déjà loin des côtes de Bretagne ;
L'ennui flétrit son cœur oppressé de sanglots ;
     Son regard cherche la campagne
     Et n'aperçoit plus que des flots.

Il souffre, il se nourrit d'une tristesse amère,
Et, sans le consoler, chacun le voit souffrir.
Il se meurt, et n'entend qu'une voix étrangère :
     Un enfant ne devrait mourir
     Que sur les genoux de sa mère.

« Bonne Vierge, dit-il, loin du chaume natal
    Veux-tu qu'un pauvre enfant expire?
      Le jour du retour du navire
    Pourrait-il être un jour fatal?

« Un soir, il m'en souvient, sous l'arbre du rivage
    Je vis un petit oiseau mort,
      Et, comme je plaignais son sort,
Ma mère dit ces mots : « De son premier ombrage
« Il s'envola trop vite, et le ciel le punit;
« En essayant son aile, il est tombé du nid. »

« Et, tout petit aussi, j'ai quitté ma demeure !
Comme ce pauvre oiseau, faudra-t-il que je meure?
Vierge, ici le trépas me serait trop amer;
      Oh ! pas de tombe dans la mer !

« Si tu voulais pourtant, mon enfance plus forte
Reprendrait sa gaîté, ses jeux, son teint vermeil :
      La plante que je croyais morte
Se ranimait souvent aux rayons du soleil.

      « Que de fois, devant ton image,
Ma mère, en te priant, aura pleuré tout bas !
Si je ne reviens point, que dira le village?
      La Vierge ne nous entend pas.

« Non, tu peux me sauver; tu vas bientôt me rendre
Ce bienveillant regard qui s'attachait au mien,
Et ces soins caressants, et ce baiser si tendre,
      Qui me faisait rêver si bien !

« Donne-moi le sommeil de ma couche chérie ;
S'il me revient encor, je pourrai me guérir.
Donne... ma voix s'éteint... si c'était là mourir !
    O ma mère ! ô Vierge Marie ! »

Et l'enfant s'endormait, et son sommeil encor
S'enchantait un moment d'une aimable chimère ;
Car c'était une sainte à l'auréole d'or
    Qui le ramenait vers sa mère.

HIPP. VIOLEAU.

XLVII

LE PETIT SAVOYARD.

LE DÉPART.

« Pauvre petit, pars pour la France.
Que te sert mon amour ? je ne possède rien.
On vit heureux ailleurs, ici dans la souffrance.
    Pars, mon enfant, c'est pour ton bien.
    Tant que mon toit put te suffire,
Tant qu'un travail utile à mes bras fut permis,
Heureuse et délassée en te voyant sourire,
    Jamais on n'eût osé me dire :
    Renonce aux baisers de ton fils !
Mais je suis veuve ; on perd la force avec la joie.
Triste et malade, où recourir ici ?

Où mendier pour toi ? Chez des pauvres aussi.
Laisse ta mère pauvre, enfant de la Savoie ;
   Va, mon enfant, où Dieu t'envoie.
Mais, si loin que tu sois, pense au foyer absent ;
Avant de le quitter, viens, qu'il nous réunisse.
Une mère bénit son fils en l'embrassant :
   Mon fils, qu'un baiser te bénisse.
   Vois-tu ce grand chêne là-bas ?
Je pourrai jusque là t'accompagner, j'espère.
Quatre ans déjà passés, j'y conduisis ton père ;
   Mais lui, mon fils, ne revint pas.
Encor, s'il était là pour guider ton enfance,
Il m'en coûterait moins de t'éloigner de moi ;
Mais tu n'as pas dix ans, et tu pars sans défense.
   Que je vais prier Dieu pour toi !
Que feras-tu, mon fils, si Dieu ne te seconde,
Seul parmi les méchants, car il en est au monde,
Sans ta mère, du moins, pour t'apprendre à souffrir ?
Ah ! que n'ai-je du pain, mon fils, pour te nourrir !
Mais Dieu le veut ainsi : nous devons nous soumettre.
   Ne pleure pas en me quittant ;
Porte autour des palais un visage content.
Parfois mon souvenir t'affligera peut-être...
Pour distraire le riche, il faut chanter pourtant.
Chante tant que pour toi la vie est moins amère ;
Enfant, prends ta marmotte et ton léger trousseau ;
Répète, en cheminant, la chanson de ta mère,
Quand ta mère chantait autour de ton berceau.
Si ma force première encor m'était donnée,
J'irais, te conduisant moi-même par la main ;
Mais je n'atteindrais pas la troisième journée,
Il faudrait me laisser bientôt sur ton chemin,
Et moi je veux mourir aux lieux où je suis née.

Maintenant de ta mère entends le dernier vœu :
Souviens-toi, si tu veux que Dieu ne t'abandonne,
Que le seul bien du pauvre est le peu qu'on lui donne.
Prie, et demande au riche : il donne au nom de Dieu.
Ton père le disait ; sois plus heureux. Adieu. »
Mais le soleil tombait des montagnes prochaines,
Et la mère avait dit : « Il faut nous séparer ; »
Et l'enfant s'en allait à travers les grands chênes,
Se tournant quelquefois, et n'osant pas pleurer.

PARIS.

« J'ai faim : vous qui passez, daignez me secourir.
Voyez : la neige tombe et la terre est glacée ;
J'ai froid : le vent se lève et l'heure est avancée,
    Et je n'ai rien pour me couvrir.
Tandis qu'en vos palais tout flatte votre envie,
A genoux sur le seuil, j'y pleure bien souvent.
Donnez ; peu me suffit : je ne suis qu'un enfant ;
    Un petit sou me rend la vie.
On m'a dit qu'à Paris je trouverais du pain ;
Plusieurs ont raconté, dans nos forêts lointaines,
Qu'ici le riche aidait le pauvre dans ses peines :
Eh bien ! moi, je suis pauvre, et je vous tends la main.
    Faites-moi gagner mon salaire :
Où me faut-il courir ? dites, j'y volerai.
Ma voix tremble de froid : eh bien ! je chanterai,
    Si mes chansons peuvent vous plaire.
    Il ne m'écoute pas, il fuit ;
Il court dans une fête, et j'en entends le bruit,
    Finir son heureuse journée.
Et moi, je vais chercher, pour y passer la nuit,
    Cette guérite abandonnée.

Au foyer paternel quand pourrai-je m'asseoir ?
    Rendez-moi ma pauvre chaumière,
Le laitage durci qu'on partageait le soir,
Et, quand la nuit tombait, l'heure. de la prière
Qui ne s'achevait pas sans laisser quelque espoir.
Ma mère, tu m'as dit, quand j'ai fui ta demeure :
« Pars, grandis et prospère, et reviens près de moi. »
Hélas ! et tout petit faudra-t-il que je meure
    Sans avoir rien gagné pour toi ?
    Non, l'on ne meurt point à mon âge ;
Quelque chose me dit de reprendre courage...
Eh ! que sert d'espérer ? que puis-je attendre enfin ?
J'avais une marmotte, elle est morte de faim. »
Et, faible, sur la terre il reposait sa tête,
Et la neige en tombant le couvrait à demi,
Lorsqu'une douce voix, à travers la tempête,
Vint réveiller l'enfant par le froid endormi.
    « Qu'il vienne à nous celui qui pleure,
Disait la voix mêlée au murmure des vents :
    L'heure du péril est notre heure,
    Les orphelins sont nos enfants. »
Et deux femmes en deuil recueillaient sa misère.
Lui, docile et confus, se levait à leur voix.
Il s'étonnait d'abord ; mais il vit dans leurs doigts
Briller la croix d'argent au bout d'un long rosaire,
Et l'enfant les suivit en se signant deux fois.

LE RETOUR.

Avec leurs grands sommets, leurs glaces éternelles,
Par un soleil d'été, que les Alpes sont belles !
Tout dans leurs frais vallons sert à nous enchanter,

La verdure, les eaux, les bois, les fleurs nouvelles.
Heureux qui sur ces bords peut longtemps s'arrêter !
Heureux qui les revoit, s'il a pu les quitter !
Quel est ce voyageur que l'été lui renvoie,
Seul, loin dans la vallée, un bâton à la main ?
C'est un enfant ; il marche, il suit le long chemin
     Qui va de France à la Savoie.
Bientôt de la colline il prend l'étroit sentier :
Il a mis ce matin la bure du dimanche,
     Et dans son sac de toile blanche
Est un pain de froment qu'il garde tout entier.
Pourquoi tant se hâter à sa course dernière ?
C'est que le pauvre enfant veut gravir le coteau,
Et ne point s'arrêter qu'il n'ait vu son hameau
     Et n'ait reconnu sa chaumière.
     Les voilà, tels qu'il les a vus toujours,
Ces grands bois, ce ruisseau qui court sous le feuillage !
Il ne se souvient plus qu'il a marché dix jours :
     Il est si près de son village !
Tout joyeux, il arrive et regarde... Mais, quoi !
Personne ne l'attend ! sa chaumière est fermée !
Pourtant du toit aigu sort un peu de fumée,
Et l'enfant, plein de trouble : « Ouvrez, dit-il, c'est moi. »
La porte cède ; il entre, et sa mère attendrie,
Sa mère qu'un long mal près du foyer retient,
Se relève à moitié, tend les bras et s'écrie :
     « N'est-ce pas mon fils qui revient ? »
Son fils est dans ses bras qui pleure et qui l'appelle.
« Je suis infirme, hélas ! Dieu m'afflige, dit-elle ;
Et depuis quelques jours je te l'ai fait savoir,
Car je ne voulais pas mourir sans te revoir. »
Mais lui : « De votre enfant vous étiez éloignée :
Le voilà qui revient ; ayez des jours contents,

               14

Vivez : je suis grandi, vous serez bien soignée ;
 Nous serons riches pour longtemps. »
Et les mains de l'enfant, des siennes détachées,
Jetaient sur ses genoux tout ce qu'il possédait,
Les trois pièces d'argent dans sa veste cachées,
Et le pain de froment que pour elle il gardait.
Sa mère l'embrassait et respirait à peine,
Et son œil se fixait, de larmes obscurci,
 Sur un grand crucifix de chêne
Suspendu devant elle et par le temps noirci.
« C'est lui, je le savais, le Dieu des pauvres mères
Et des petits enfants, qui du mien a pris soin ;
Lui qui me consolait quand mes plaintes amères
 Appelaient mon fils de si loin.
C'est le Chrit du foyer que les mères implorent,
Qui sauve nos enfants du froid et de la faim.
Nous gardons nos agneaux, et les loups les dévorent ;
Nos fils s'en vont tout seuls... et reviennent enfin.
Toi, mon fils, maintenant me seras-tu fidèle ?
Ta pauvre mère infirme a besoin de secours ;
Elle mourrait sans toi. » L'enfant, à ce discours,
Grave et joignant ses mains, tombe à genoux près d'elle,
Disant : « Que le bon Dieu vous fasse de longs jours ! »

                        ALEX. GUIRAUD.

BIBLIOTHÈQUE IMPÉRIALE LILLE

FIN DU TROISIÈME ET DERNIER LIVRE.

TABLE DES MATIÈRES.

LIVRE PREMIER.

LIVRE DEUXIÈME.

LIVRE TROISIÈME.

FIN DE LA TABLE.

www.ingramcontent.com/pod-product-compliance
Lightning Source LLC
Chambersburg PA
CBHW051524050726
47503CB00014B/1362